3667

CARLO CASSOLA
IL TAGLIO DEL BOSCO
3º Edizione - BUR
R.C.S. RIZZOLI LIBRI
MILANO

Carlo Cassola

Il taglio del bosco

Rosa Gagliardi
Le amiche

introduzione di GIORGIO BASSANI

Biblioteca Universale Rizzoli

Proprietà letteraria riservata
© 1980 RCS Rizzoli Libri S.p.A., Milano

ISBN 88-17-13334-5

prima edizione: febbraio 1980
terza edizione: luglio 1986

LA VERITÀ SUL CASO CASSOLA

Leggevo tempo fa sul «Corriere della Sera» alcuni brani del *Taccuino* di Ugo Ojetti, del '39, e mi dicevo che non c'è nulla di meglio forse di quelle pagine che valga a spiegare per contrasto, per opposizione, l'arte di Cassola alle sue origini. Esiste un lontano libro di Cassola, *La visita*, che raccoglie alcuni dei suoi primi racconti: e se ne vedano i più significativi ripubblicati ora da Nistri-Lischi (Carlo Cassola, *Il taglio del bosco*, Pisa 1955) in un folto volume della collezione di narrativa diretta da Niccolò Gallo. Sono racconti che non è possibile né comprendere né apprezzare senza che ci si rifaccia all'Italia contemporanea, all'Italia delle certezze accademiche di Ugo Ojetti. Anche allora, quello di Cassola era un mondo dove nulla appariva certo, dove nulla aveva la pretesa, non dico di durare, ma nemmeno di esistere. «Amo la periferia più della città. Amo tutte le cose che stanno ai margini»: è una sua frase del '39, o giù di lì; una frase che è la spia, ancor oggi, della sua poetica.

Prendiamo *La visita*, per esempio, il raccontino che dava il titolo alla *plaquette* parentiana, e che adesso riappare dopo quasi venti anni nella raccolta di Nistri-Lischi. Il breve componimento si apre su un paesaggio d'un gusto coloniale, alla Bernardin de

Saint-Pierre. I due personaggi che lo abitano, un misterioso colonnello Delfo e un altrettanto misterioso Mr. Murchison, conversano tra loro in un'atmosfera incantata, sospesa, fuori del tempo, come in un arazzo: e stanno nell'arazzo, infatti (ma questo lo si scopre soltanto dopo varie pagine), che adorna la camera da letto della signora Rosa Boni, una giovane vedova che vive in un imprecisato paese della costa toscana — forse Cecina — e sta facendo la siesta pomeridiana. Il racconto prosegue descrivendo la successiva visita del cognato, le sue caute profferte d'amore, e infine chiudendosi sulla rassegnata determinazione della signora Boni di restar fedele alla memoria del marito. «Come è confusa e inutile la vita! E più è inutile e confusa, più sentiamo il bisogno di affidarci alla Misericordia Divina. Il giorno che il Signore vorrà, me ne andrò anch'io al cimitero e dormirò in pace accanto al mio Andrea». Il passaggio dall'arazzo di tipo vagamente settecentesco alla vita reale è dato senza stacco, senza soluzione di continuità. Come se la vita reale non abbisognasse, per essere intesa, di uno sguardo diverso da quello che uno può dedicare ad una pittura dal valore prevalentemente decorativo.

In un mondo confuso, inutile, incomprensibile, ciò che è dato intendere lo è soltanto per improvvisa rivelazione, per dono di una misteriosa grazia poetica. «Bisognerebbe che gli uomini vivessero raggruppati come io ed Ernesto, io e Manlio ecc. Che non fossero mai costretti a uscire dalla cerchia entro cui si sentono sicuri. Se così potesse essere, gli uomini non sarebbero infelici». Era, quella che sommessamente predicava Cassola a quel tempo, la stessa riduzione *ad minimum* che rendeva tanto inattuale e attuale la pittura di Morandi, per esempio: la quale, all'incirca nella stessa epoca, mi si rivelò con altrettanto schiva sincerità.

Come Morandi, infatti, anche Cassola ha orrore della retorica. Nei confronti dei sentimenti semplici, elementari, egli ha la medesima nostalgia intrisa di sfiducia che lo fa tornare con sempre rinnovato slancio ai grandi classici, francesi e russi, dell'Ottocento. Si badi alla *Moglie del mercante*, una novelletta di due pagine scritta nel primo dopoguerra. La moglie invecchia, e il mercante, che è in procinto di partire per uno dei suoi soliti viaggi d'affari, se ne accorge a un tratto, con dolore. Il tema è semplice, «umano», da bozzetto naturalistico alla Maupassant, alla Cechov. Ma Cassola non può assumerlo direttamente, con schietta, ingenua, naturalistica semplicità. Sente il bisogno di trasferire la scena in un imprecisato Ottocento russo, di sporcare leggermente la sua lingua sempre limpidissima di toscano dalla testa sgombra di grilli («... che lati tristi ha la vita!»), come se non tanto la grande narrativa russa gli interessi, quanto, piuttosto, gli interessino certe anonime, sommarie traduzioni italiane della medesima.

E *Il taglio del bosco*? Questo racconto, che viene considerato dagli intenditori come la cosa più alta e più nuova fin qui prodotta da Cassola, sebbene sia stato composto una quindicina d'anni dopo *La visita* secondo me non rappresenta, nei confronti di quella remota novella, nessun sostanziale mutamento di rotta. L'arte dello scrittore si è molto maturata, nel frattempo, questo è ovvio. Però non direi che il suo punto di vista, la sua antiretorica visione del mondo, Cassola li abbia sostituiti con qualcosa di diverso.

Qui, infatti, non meno che nella *Visita*, vige la poetica in base a cui nulla veramente accade che possa essere raccontato, e ogni sentimento, per quanto profondo e doloroso sia, in realtà è ineffabile. Come nelle *Amiche*, un racconto del '47; come nelle pagine migliori di *Fausto e Anna*, di qualche anno più tarde; come sempre, infine: anche nel *Taglio del bosco* gli unici discorsi che valga la pena di riferire, gli unici dialoghi che metta conto di trascrivere, sono i più comuni, quelli di tutti i giorni e di tutti i momenti, le chiacchiere banali che la gente fa normalmente, vivendo. Joyce, il Joyce di *Dubliners* e di *Dedalus*, ma soprattutto il Joyce di *The Dead* e di *Ivy Day in the Committee Room*, gli ha, sì, insegnato a distruggere i personaggi, a evitare i sentimenti con la esse maiuscola, ma gli ha anche insegnato a registrare con orecchio sensibilissimo, il più sensibile, forse, che si sia applicato da noi a questo tipo di auscultazioni di remota origine flaubertiana, la banalità e la vuotaggine di ogni giorno. I personaggi del *Taglio del bosco* sono tutti ridotti a figurine appena accennate: dietro di loro, però, come nell'arazzo della camera matrimoniale di Rosa Boni, il paesaggio si apre grandioso, ed essi trovano in quello, nel suo lirico sfondo, l'atmosfera che li giustifica. Il boscaiolo Guglielmo ha perduto la moglie, e soffre, soffre dolorosamente. Anche questo tuttavia è un sentimento che Cassola non sa, e non vuole, esprimere. Il racconto segue passo passo il lavoro degli uomini, intenti lungo tutto l'inverno a tagliare le piante. La natura intorno è una presenza indifferente, estranea. Ma ecco, alla fine, quando la disperazione di Guglielmo scoppia senza più freno, in quello stesso momento ci rendiamo conto che durante i mesi precedenti il dolore non aveva dato tregua al giovane vedovo un solo istante: di quel dolore erano intrisi non soltanto i solitari paesaggi che i suoi occhi corrucciati fissavano, ma gli stessi discorsi banali che ogni sera, al riparo del capanno di legna e fango, egli scambiava coi suoi compagni di fatica.

È dunque sempre l'antica predilezione per «le cose che stanno ai margini» a guidare anche oggi Cassola nella scelta dei suoi argomenti. Cassola è toscano; ha vissuto gran parte della sua vita in Maremma, tra Volterra, Cecina e Grosseto. Ma basta ad ogni modo questa circostanza a spiegare la ragione per la quale i suoi racconti siano ambientati invariabilmente in quei luoghi?

La verità è che lì, nella bassa Toscana più che in qualsiasi altra regione d'Italia, è dato imbattersi in quella piccola borghesia campagnola, scevra linguisticamente dai ghetti dialettali dei quarti stati come dalle sovrastrutture insincere delle borghesie cittadine: quella piccola gente toscana, insomma, perfettamente equidistante fra proletariato e classi medie, evocando la quale l'adozione di un certo conformismo di tipo manzoniano non rappresenta già un vezzo letterario ma il riconoscimento di una precisa realtà nazionale. Realtà nazionale abbastanza larga e significativa, conviene anche dire, se può comprendere, oltre ai ferrovieri, ai piccoli agricoltori, ai boscaioli, ai commercianti al minuto che apparivano già nei racconti di Benedetti e di Bilenchi — e ciò d'altronde motiva i rapporti di Cassola, scrittore che passa per molto «impegnato» socialmente, con l'ermetismo fiorentino —, anche i poveri comunisti di paese sul genere di Baba, il protagonista del racconto omonimo, e del bellissimo romanzetto di qualche anno fa, *I vecchi compagni*.

Dalle ragazze e donnette di paese, poetiche varianti della Lucia manzoniana, o, come direbbe Roberto Longhi, dell'eterna cucitrice italiana, ai militanti della base, veduti quali sono, senza concessione né all'amarezza, né alla pietà, né alla simpatia politica: il panorama è abbastanza vasto, ripeto, per fare di quella di Cassola, scrittore così rigoroso, una voce singolarmente attuale.

(1956)

GIORGIO BASSANI

IL TAGLIO DEL BOSCO

I

Dopo Montecerboli i viaggiatori si ridussero a cinque: un giovanotto, un uomo, due donne e un bimbo.

Il fattorino si fregò le mani:

«Siamo proprio in famiglia, stasera,» disse soddisfatto.

L'uomo in fondo sorrise, poi si mise a guardare fuori del finestrino, benché non si vedesse nulla a causa del buio.

Era un uomo dell'apparente età di trentasette-trentott'anni. Indossava una giacca col bavero di pelliccia consunto per l'uso, e teneva il cappello leggermente rialzato sulla fronte. Aveva il viso magro, il naso diritto, le labbra ferme, le mani ossute e robuste.

All'inizio della salita, la corriera si arrestò quasi. Ingranata la marcia, continuò a salire ronfando. L'uomo disse che fermassero alla bottega.

«Ferma alla bottega,» ripeté il fattorino, trasmettendo l'ordine all'autista.

Sulla soglia della bottega una donna già in là con gli anni attendeva l'arrivo della corriera. Aguzzò lo sguardo per distinguere il viaggiatore, ma non ravvisò il nipote finché non fu a un passo di distanza.

«Oh, Guglielmo,» disse, «che fai? Non ti avevo riconosciuto, con questo buio.»

«Come va, Lina?» rispose l'uomo. La chiamava per nome e le dava del voi, benché fosse la zia.

«Bene, e Caterina? Ma entra, che è freddo.»

Una lampadina appesa a un filo costituiva tutta l'illuminazione della stanza. Egualmente sobrio era il mobilio: una panca appoggiata al muro, due tavoli accostati alla panca, quattro o cinque sgabelli, ecco quanto la bottega offriva agli avventori. Dietro il banco era accumulata la merce. C'era di tutto, ma, beninteso, poco di tutto: alimentari, tabacchi, filati, quaderni, pennini, cartoline. Anche dei biscotti stantii facevano mostra di sé in un barattolo di vetro. Da un'estate all'altra le frasche contro le mosche erano dimenticate alle pareti, mentre un lumino restava acceso in permanenza sotto la stampa del Sacro Cuore di Gesù.

«Vuoi passare in casa?» chiese la zia.

«No,» rispose Guglielmo. «Mangio un po' di minestra, e vado.»

Senza togliersi il cappello, sedette al tavolo libero (l'altro era occupato da due che giocavano a carte) e rimase immobile, con lo sguardo perduto nel vuoto.

«Fa freddo?» disse uno dei giocatori.

Guglielmo si riscosse:

«Eh,» rispose.

«È questione di pochi minuti,» disse la zia tornando.

Guglielmo annuì.

«È tanto che manchi da casa?» domandò la zia.

«No... è solo da lunedì,» rispose l'uomo.

«Di dove vieni?»

L'uomo fece un gesto in direzione della porta:

«Da Massa,» disse poi. «Sono stato a comprare un taglio,» aggiunse prevenendo la domanda della donna.

«Come mai così lontano?» insisté la donna.

Guglielmo sorrise:

«Mi conveniva,» disse.

«E andrai tu a tagliarlo?» chiese ancora la zia.

«S'intende,» rispose l'uomo. «Io, con la solita squadra.»

La donna sembrò appagata nella sua curiosità. Cambiando argomento, disse che erano mesi che non vedeva Caterina.

«Io sono vecchia e cammino poco volentieri. E lei, immagino il daffare che le daranno le bimbe...»

L'uomo confermò con un cenno del capo.

«È un angelo quella figliola,» concluse la donna.

«Proprio così,» disse l'uomo.

«Vedi, Guglielmo, nella disgrazia hai avuto almeno questa fortuna: una sorella che si occupasse delle bimbe...»

«Sì,» rispose l'uomo. «Per questo almeno posso chiamarmi fortunato. Non so nemmeno io come potrei fare... Sarei costretto a riprender moglie.»

La donna sparì dietro la tenda che era in fondo alla stanza, tornandone dopo qualche minuto con una scodella di brodo chiaro in cui nuotavano pochi chicchi di riso. Mise quindi sul tavolo mezzo filone di pane e un quarto di vino. L'uomo prese il pane e cominciò a spezzettarlo minutamente. Versò quindi qualche goccia di vino nella scodella. Infine, con una energica cucchiaiata, rimestò tutto, brodo, vino e pane, e cominciò a mangiare.

La zia stette un po' a guardarlo; vedendo che non

alzava gli occhi dal piatto, si rimise seduta dietro il banco.

Guglielmo mangiò anche pane e formaggio, bevve un altro bicchiere di vino e chiese quanto spendeva.

«Uno e quaranta,» rispose la zia.

Guglielmo estrasse l'orologio dal taschino del panciotto: «Le otto e un quarto,» disse. «Le troverò tutte a letto,» aggiunse come parlando tra sé.

«Salutami Caterina,» fece la zia. «Tanti baci alle bimbe. E tu, abbiti riguardo.»

«Non dubitate,» rispose Guglielmo.

Diede la buonanotte ai giocatori e uscì. Non era più buio come un'ora prima, sebbene la luna fosse nascosta da un banco di nebbia. Guglielmo si fermò ad accendere una sigaretta, poi prese a camminare speditamente.

Dopo qualche centinaio di metri pianeggianti, la strada cominciò a scendere. I campi finirono, e la strada s'internò nella boscaglia. Guglielmo gettò via il mozzicone, e affrettò il passo. Mentalmente tornava sull'affare concluso il giorno prima, riesaminandolo in tutti i particolari: rifaceva i calcoli, e perveniva sempre alla conclusione che non avrebbe dovuto guadagnarvi meno di settemila lire. Certo, era stato un azzardo comprare senza essere al corrente dei prezzi stagionali... Pensando agli affari, non si accorgeva della strada. Passò sul ponticello quasi senza accorgersene e affrontò la salita che menava al paese con la stessa andatura celere. Ma a poco a poco rallentò, e i suoi pensieri deviarono. Passando davanti a una casupola diroccata, gli tornò in mente il vecchio che un tempo l'abitava, e i suoi racconti di streghe, di maghi, di diavoli, di fatture... A simili storie Guglielmo non era alieno dal prestar fede tuttora.

Passando davanti al piccolo cimitero, volse uno sguardo rattristato attraverso il cancello, si segnò e disse un *requiem* per la sua povera moglie. Erano giusto tre mesi che l'aveva lasciato. Si sforzò di aumentare il passo e di tornare ai pensieri di poco prima. Finalmente arrivò in paese. Si fermò nella bottega che sorgeva proprio all'imbocco di San Dalmazio e che era anch'essa gestita da una sua parente. Mentre aspettava d'essere servito, si tolse il cappello e si asciugò il sudore col fazzoletto.

«Sudi con questo freddo?» gli disse la donna.

«Già,» rispose Guglielmo, non avendo troppa voglia di dare spiegazioni.

Il paese era immerso nel silenzio e nel buio. A quell'ora le donne e i ragazzi erano già tutti a dormire. Guglielmo prese per la stradetta mal lastricata che s'inerpicava fino in cima al paese, dov'era la sua casa.

Cercando di far piano, salì in cucina, ma la sorella si svegliò egualmente, e dopo poco comparve a sentire se aveva bisogno di nulla. Guglielmo rispose che aveva già cenato.

«Non ti aspettavamo stasera,» disse la sorella, quasi per scusarsi di non essersi fatta trovare alzata.

«Ho anticipato,» rispose Guglielmo.

«Le bimbe stanno bene,» disse Caterina, vedendo che il fratello non glielo domandava. «Hai potuto concludere?» chiese poi.

«Sì. Andrò giù lunedì.»

«Proprio non hai bisogno di nulla?» insisté la sorella. «Faccio presto ad accendere il fuoco e a scaldarti qualcosa.»

« No. Torna a letto, che prendi freddo. »

Rimasto solo, Guglielmo bevve un altro bicchiere di vino; poi sedette al tavolo, accese una sigaretta e tirò fuori un taccuino tutto spiegazzato e un mozzicone di lapis copiativo. Segnò in colonna le spese che aveva fatto nella giornata; prima di tirare la somma, pensò a lungo se non ne dimenticava qualcuna. Egli aveva l'abitudine di segnare anche la più piccola spesa, e alla fine del mese era difficile che i conti non tornassero fino al centesimo. Schiacciò in terra il mozzicone di sigaretta, ripose il fiasco nella credenza, mise il bicchiere sull'acquaio e raggiunse la camera.

La luna illuminava una striscia d'impiantito. Guglielmo fece scattare l'interruttore. La camera ne restò debolmente illuminata. Era piccola, con l'impiantito di mattoni e il soffitto a travatura. Il letto matrimoniale, l'armadio e il cassettone occupavano quasi tutto lo spazio. Guglielmo si tolse la giacca e, appressatosi al cassettone, cavò l'orologio e lo depose sul marmo. Lo sguardo gli cadde sulla fotografia della moglie, ma lo distolse subito.

La mattina alle cinque e mezzo era già in piedi. Infilò i calzoni sulla camicia da notte e raggiunse la cucina. Versata l'acqua nella catinella che era sull'acquaio, cominciò a lavarsi. Adoperava sapone da bucato. Si stava asciugando, quando entrò la sorella, in sottana.

Mentre Caterina provvedeva a scaldare il caffè, Guglielmo segnava sul taccuino l'elenco delle spese che avrebbe dovuto fare nella mattinata. Prima di uscire, disse alla sorella che sperava di essere a casa per desinare; ma che comunque non lo aspettassero.

Una volta fuori, invece di scendere per il paese, tagliò per una stradicciola a sinistra; e di lì prese per un viottolo attraverso i campi. Aveva infatti in animo di recarsi dal suo capomacchia, Fiore, che abitava al ponte sulla Cecina, a un'ora di distanza da San Dalmazio. Poiché in linea di massima si erano già trovati d'accordo, Guglielmo avrebbe potuto aspettare che la mattina dopo, domenica, il suo uomo venisse in paese a farsi la barba, come d'abitudine; ma gli premeva troppo assicurarsene l'ingaggio. Di là avrebbe raggiunto la strada provinciale, in tempo per prendere la corriera di Pomarance. A Pomarance aveva da acquistare un pennato, carta incatramata, candele, tabacco, fiammiferi, spago ecc.

Tornò poco dopo mezzogiorno. Adriana (così si chiamava la bimba più piccola) gli corse incontro e gli si avvinghiò alle gambe, e Guglielmo dovette durare non poca fatica per liberarsene. La più grande invece aveva soggezione del babbo e rimase in disparte. Guglielmo baciò anche lei e poi diede a ciascuna un cannello di zucchero filato. La piccola espresse la sua contentezza con grida e salti, e poi se lo mise senz'altro in bocca. La zia intervenne a levarglielo, perché prima doveva mangiare. La bimba si mise a strillare, calmandosi però quasi subito.

«E tu?» fece Guglielmo a Irma, la bimba più grande, che lo guardava in silenzio. «Non mi dici nulla?» aggiunse sorridendo.

La bimba abbassò il viso confusa. Guglielmo le fece una carezza sui capelli, quindi si tolse la giacca e l'appese a una sedia; si lavò le mani e sedette a tavola. In attesa del desinare, cavò di tasca il giornale, che aveva comprato a Pomarance, lo aprì e lesse i titoli della prima pagina, ma nessuno richiamò il suo interesse. Passò alla cronaca della provincia e vi scorse un paio di brevi notizie riguardanti Pomarance. Era morto un tale, che non conosceva; il consorzio aveva messo a disposizione un quantitativo di patate da seme. La sorella mise in tavola la zuppiera. Guglielmo piegò accuratamente il giornale e lo ripose in tasca. Scoperchiò la zuppiera; e subito lo investì il fumo denso e l'odore acuto del cavolo. Prima fece la parte alle bimbe, poi alla sorella, e in ultimo riempì la propria scodella. Caterina prese la sua e andò a sedersi accanto al fuoco, perché aveva da badare al tegame dove finiva di cuocere il coniglio.

Le due bimbe parlavano tra loro, mentre Guglielmo e la sorella tacevano. Guglielmo fece le parti anche del coniglio, prendendo per sé la testa. Ci mangiò molto pane, leccando poi a dovere gli ossicini. Disse due o tre volte alla più piccola che mangiasse invece di chiacchierare, e per il resto non aprì bocca. Con l'ultimo pezzetto di pane ripulì il piatto. Il desinare era finito, perché la frutta usava solo la domenica. Guglielmo accese una sigaretta, e tirò fuori il libriccino e la matita. La bimba più piccola si mise a fargli il verso: gonfiava le gote e fingeva di soffiar via il fumo. Guglielmo la vide, sorrise appena e tornò ai suoi calcoli. La sorella si riposava, aspettando che fosse calda l'acqua per rigovernare.

Ora Adriana, la bimba più piccola, voleva esser presa in collo. « Non dar noia al babbo, » disse Caterina. Ma la bimba insisteva, e Guglielmo finì per tirarsela sulle ginocchia. Poi, pensando che la più grande potesse esserci rimasta male, se la attirò vicino, cingendole la vita col braccio libero. Molto soddisfatta, ma visibilmente imbarazzata, la bimba stava rigida, guardando un punto dell'impiantito.

L'indomani mattina Guglielmo si alzò un po' più tardi del solito, tanto per riconoscere la festa. Si vestì di scuro, calzò un paio di scarpe alte ma senza chiodi, e per prima cosa uscì a farsi la barba. Il barbiere lavorava solo il pomeriggio del sabato e la domenica mattina; gli altri giorni faceva il contadino. Da bottega gli serviva benissimo la cucina. Guglielmo era stato il più mattiniero dei suoi clienti; mentre lo radeva, le altre persone della casa si lavavano e facevano colazione. Dopo essersi fatta la barba, Guglielmo andò alla Messa, poi tornò a casa. Le bimbe non si erano ancora alzate, peraltro le sentiva parlare e ridere. Tornò la sorella, depose la sporta su una sedia, e mise sul tavolo il pane fresco.

Dopo colazione, Guglielmo prese un mazzo di fiori che la sorella aveva messo in fresco nell'acquaio e uscì di nuovo. Era una bellissima mattinata. Guglielmo attraversò il paese e prese per la strada del cimitero, che era in leggera discesa. Il fulgore del sole, gli odori della campagna, il confuso rumore che era nell'aria, tutto contribuiva a metterlo in un piacevole stato d'animo. I mesi di duro lavoro e di forte guadagno che aveva davanti costituivano una prospettiva gradevole. Guglielmo si rallegrava di aver preso la decisione di comprare un taglio senza attendere le aste comunali. "Sono all'oscuro dei prezzi, ma che fa? Può andarmi male come può andarmi bene. Forse tra quindici giorni mi si sarebbe potuta presentare una occasione migliore; ebbene, non importa, l'essenziale è che possa rimettermi a lavorare. Perdio! se restavo altri quindici giorni senza far niente, finivo al manicomio. Il lavoro mi servirà di distrazione, mi aiuterà a tirarmi su. Mi sembra già di essere un altro". Era davanti al cancelletto, lo spinse, si tolse il cappello e si segnò. Il piccolo cimitero era deserto. Una croce di ferro e la terra zappettata di fresco indicavano il punto dov'era seppellita la moglie. Guglielmo rimase in piedi davanti al tumulo. Fino a Natale non avrebbe potuto tornare in quel luogo, cercò pertanto di raccogliersi nel pensiero della morta. Ma faceva caldo, c'era rumore nell'aria, tutto contribuiva a distrarlo. Per un po' seguì gli svolazzi di un calabrone tra le croci, i tumuli e le erbacce. Con uno sforzo di volontà, tornò a raccogliersi. Ma nella sua mente c'era il vuoto. Allora si mosse, andò verso la piccola tettoia in un angolo, tirò fuori la vanga, rizzappettò un po' la terra del tumulo. Poi fu lieto di doversi affaccendare per riempire il vaso e sistemarvi i fiori. Finalmente si rimise in piedi davanti alla tomba, in atteggiamento composto. Ma ancora una volta, non gli riuscì di concentrarsi. Quando ebbe stimato di esserci rimasto un tempo sufficiente, si segnò e venne via.

Sulla strada del ritorno dovette moderare l'andatura, se non voleva fare una sudata. Arrivato in paese, si fermò nella piazzetta, già discretamente affollata. Di forma triangolare, la piazzetta era limitata dalla chiesa, dalla bottega e, sul lato più lungo, da un muricciolo. Sotto il muricciolo c'era uno strapiombo di un centinaio di metri, in fondo a cui scorreva un torrentello.

Guglielmo si appoggiò al muricciolo e rimase a prendere il sole. Fumò un paio di sigarette e scambiò qualche parola con i compaesani, che trascorrevano la mattina della domenica alla sua stessa maniera.

Verso mezzogiorno, il muricciolo non presentava più un solo spazio libero.

Subito dopo desinare la sorella si dispose a uscire con le bimbe.

«Vieni anche tu,» fece a Guglielmo.

«Sì, vieni, babbo, vieni,» cominciarono a dire le bimbe.

«Poi dovrai stare tanto tempo senza vederle,» aggiunse la sorella.

«No, non posso venire,» rispose Guglielmo, e nella sua voce traspariva l'irritazione. «Ho da fare qui in paese...» disse dopo un momento.

Le bimbe insistevano perché il babbo le accompagnasse: specialmente la piccola.

«Via, state buone, il babbo ha da fare, andiamo,» fece la sorella, e lanciò un'occhiata a Guglielmo.

Guglielmo aspettò che fossero uscite, poi scese in fondo al paese. Entrò nella bottega e si mise a veder giocare. In piedi, alle spalle dei giocatori, seguiva le loro mosse. Poco dopo arrivò un cantastorie: e ben presto per ascoltarlo smisero tutti di giocare. Era un bel vecchio con la barba bianca, l'occhio vivace, le mani curate e i modi signorili. Indossava un abito di velluto marrone e calzettoni di lana dello stesso colore. Cantò la storia del brigante Tiburzi: aveva una vocina esile, e alla fine di ogni strofa pizzicava le corde della chitarra. Ci volle quasi un'ora perché arrivasse in fondo. Guglielmo e gli altri lo ascoltavano con grande attenzione. Alla fine gli diedero tutti qualche soldo, e la padrona da bere. Il vecchio ringraziò e chiese ragguagli intorno alla via più breve per arrivare a Pomarance. Gli dissero che il lunedì a Pomarance era giorno di mercato e che vi avrebbe fatto buoni affari. Egli ringraziò più volte, e finalmente partì. Senza alcun commento, gli uomini ripresero a giocare.

Il sole tramontava dietro la collina prospiciente San Dalmazio, quando Guglielmo uscì dalla bottega e si avviò di malavoglia per l'erta che conduceva a casa sua. Stava per entrare in casa quando si sentì chiamare. Voltandosi, vide le bimbe che correvano verso di lui per la stradetta laterale. Avevano entrambe le braccia ingombre di fiori di campo. La sorella veniva subito dopo.

«Guarda quanti, babbo! Guarda belli!» e gli mostravano i fiori coi visi rilucenti di contentezza. «Li abbiamo colti per mamma,» aggiunse Irma.

«Brave,» fece Guglielmo; e le precedette per le scale.

Poi Irma volle far vedere al babbo i suoi quaderni. Guglielmo li esaminò in fretta, e si limitò a dire alla bimba che era stata brava.

Subito dopo cena, Caterina mise a letto le bimbe. Prima, a turno, abbracciarono e baciarono il babbo. Non molto tempo dopo andarono a letto anche Caterina e Guglielmo.

«Mi raccomando, scrivi tutte le settimane,» disse Caterina.

«Stai tranquilla,» rispose Guglielmo.

«Allora arrivederci a Natale,» disse Caterina abbracciandolo. «Stai bene, Guglielmo, e...»

Non poté proseguire, perché le era venuto da piangere. Guglielmo si sciolse dall'abbraccio e raggiunse la camera. "Se Dio vuole," pensava, "domani sera dormirò nel capanno."

Alle cinque e mezzo si ritrovarono tutti all'appuntamento nella piazzetta; di là in un'ora raggiunsero la bottega dove, fin dal pomeriggio del sabato, avevano provveduto ad accumulare la maggior parte delle provviste e degli arnesi.

Il caposquadra Fiore era vicino alla cinquantina. Basso, tarchiato, coi capelli grigi tagliati a spazzola, era tutt'altro che un uomo facile a trattarsi, ma si faceva perdonare per la grande esperienza e la continuità nel lavoro.

Di poco più anziano di lui, Francesco sembrava vecchio addirittura. Egli non aveva fatto sempre il boscaiolo: era stato mercante girovago, cuoco, carrettiere, artigiano. Sul lavoro non rendeva molto; ma la sua provvista inesauribile di racconti e di storie permetteva di passare alla meno peggio le lunghe serate invernali e le giornate di pioggia, quando i boscaioli sono costretti a restare nel capanno inoperosi.

Amedeo, coetaneo di Guglielmo, era inoltre suo primo cugino. Non aveva particolari attitudini o caratteristiche. Germano infine era di gran lunga il più giovane della compagnia, essendo appena ventenne.

In due ore la corriera li portò a Massa. Qui avrebbe dovuto aspettarli un barroccio per il trasporto della roba; ma non c'era, e dovettero noleggiarlo. L'irritazione di Guglielmo crebbe quando, giunti alla fattoria, non trovò il fattore, col quale pure era rimasto inteso in termini non equivoci. Gli dissero anzi che non sarebbe tornato prima di sera. Per fargli ingannare la noia dell'attesa, lo condussero in giro per la fattoria, che era stata fabbricata con criteri modernissimi e constava di una serie di costruzioni bianche, tutte della stessa foggia, basse e allungate, eccetto il silos. Guglielmo visitò successivamente la stalla-modello, il fienile-modello, la concimaia-modello, la colombaia-modello, ecc.

Per farsi perdonare la dimenticanza, il fattore invitò a cena Guglielmo e i suoi. Era un settentrionale, e appariva molto compreso delle sue funzioni. Disse che andava pienamente d'accordo col padrone, il quale era uomo di larghe vedute, mentre i contadini, ignoranti e conservatori, non volevano collaborare alle riforme.

Gli uomini andarono presto a dormire (erano stati sistemati in un piccolo fienile accanto alla stalla). Germano si trattenne a veglia, attirato dalla presenza di una giovane contadina. La mattina alle cinque, Guglielmo dovette scuoterlo ben bene per svegliarlo. Brontolando e maledicendo la sorte, che lo aveva fatto nascere boscaiolo, il ragazzo si alzò e mise insieme la propria roba.

Anche Guglielmo era di cattivo umore. Aveva dormito pochissimo, e si sentiva la testa pesante e le ossa rotte.

Fuori era un bellissimo stellato. Non tirava un alito di vento. Il contadino aspettava coi due muli occorrenti per il trasporto degli arnesi e delle provviste. Germano non prese parte al caricamento: continuava a dormire in piedi.

Finalmente s'incamminarono. Per un po' gli zoccoli dei muli risuonarono sull'ammattonato. Poi il rumore si attutì sulla terra battuta della strada.

Germano chiudeva la marcia. Camminava con le mani in tasca e la testa insaccata nelle spalle; benché fosse freddo, il suo corpo conservava il calore accumulato durante il sonno. Andava avanti come un automa e, quando ebbero abbandonato la strada per prendere una scorciatoia, inciampò due o tre volte nei sassi e fu sul punto di cadere. Si decise infine a fare un po' d'attenzione; ma una volta tornati sulla strada, ricadde nel suo torpore.

Anche avanti camminavano in silenzio.

Cominciava a far chiaro. La strada si andò accostando al corso sinuoso di un fossato. Cespi rigogliosi di rovi, magri arbusti e alberelli isolati crescevano lungo gli argini. Da una parte e dall'altra del fossato, si estendevano per breve tratto appezzamenti coltivati a granoturco; più oltre il terreno si elevava rapidamente, divenendo brullo e franoso. Qualche casa sparsa sulle alture circostanti non dava segni di vita.

Il gruppetto continuò la sua marcia silenziosa. A oriente, al di sopra della linea di collinette, il cielo si andava schiarendo.

«Si fa giorno,» disse Amedeo.

Quel commento superfluo ebbe il potere di scuotere gli animi. Come se non aspettasse altro, Guglielmo tirò fuori una sigaretta, subito imitato da Germano. Francesco si fermò ad accendere la pipa. Quindi s'intrecciarono le conversazioni, Fiore avanti col mulattiere, Guglielmo con Francesco e Amedeo. Germano era solo in coda, ma ora col fumo si era definitivamente svegliato e fischiettava soddisfatto.

«Fare il boscaiolo,» diceva Amedeo, «è meglio che fare il contadino...»

«È meglio che fare il signore» motteggiò Germano alle sue spalle.

«Volevo dire: almeno si vede un po' di mondo.»

«Io ne ho visto abbastanza di mondo,» cominciò Francesco, «ma quando facevo l'ambulante. Da Massa a Volterra, non c'è paese dove non sia stato. E andavo poi alle grandi fiere, a Firenze, a Siena...»

La leggera salita nemmeno si avvertiva. Camminavano di buon passo, chiacchierando e fumando; volentieri avrebbero proseguito indefinitivamente per quella strada che, in effetti, sembrava non volesse finir mai. A ogni curva, si parava davanti un nuovo rettilineo, né il paesaggio accennava a mutare: sempre gli stessi appezzamenti pianeggianti di qua e di là dal fossato, e le collinette brulle che a destra e a sinistra limitavano rapidamente la vista.

«Ti è passato il sonno?» chiese Guglielmo a Germano.

«Ma mi è cominciata la fame.»

«Ti è andata bene iersera, eh? con quella ragazzina» fece Amedeo.

Germano si rannuvolò.

«È una stupida» disse alla fine. «Io cercavo di portarla fuori, e lei si ostinava a non capire.»

«O faceva finta» disse Amedeo.

«Era meglio se venivi a dormire, allora» concluse Guglielmo.

«Senti laggiù,» fece Germano. «Quelle sono starne.»

Si avvertiva infatti il pigolio caratteristico di quegli animali. Certo dovevano aver già iniziato la mattutina ricerca del cibo. Il luogo era adatto, col fossato, i campi di grano, gli sterpeti e le balze, per quel genere di selvaggina. E il giovanotto, che oltre ad essere un dongiovanni era anche un appassionato cacciatore, si sentiva invadere dal sacro fuoco.

« Se avessi qui il fucile, farei una puntata da quella parte e riporterei il desinare,» e così dicendo indicò le balze scoscese, popolate di sterpi, alla loro sinistra.

« Non potresti mica; è riserva di caccia» disse Amedeo.

« Te lo farei vedere io, se avessi il fucile, in che conto tengo i cartelli» ribatté Germano.

Il brusco cambiamento di itinerario effettuato dal mulattiere mise fine ai discorsi. Abbandonarono la strada, imboccando un sentiero che, attraversato un campo, prese a salire a zig-zag lungo il fianco della collina. Il terreno intorno era brullo, franoso. Il conducente si preoccupava dei muli, che non mettessero un piede in fallo. Gli uomini seguivano in fila indiana. Germano, che decisamente non era in forma, bestemmiava tra i denti contro quella maledetta arrampicata che minacciava di non finire più.

« Ma che boschi ci sono da queste parti?» borbottò irato. « Non ho visto nemmeno un filo d'erba.»

Tutte quelle fisionomie, poco prima serene o addirittura allegre, erano di nuovo chiuse, quasi tetre.

La salita finalmente si attenuò, e cominciò ad aprirsi la vista. Le argille stavano per finire. Al di là delle ultime groppe tondeggianti si levava infatti, ma restava per il momento molto bassa sull'orizzonte, una larga piramide nera.

Si fermarono in un valloncello a far colazione. Il cibo, il vino, e poi una fumatina, rianimarono la compagnia. Solo Germano si manteneva di cattivo umore; ma lo faceva per partito preso.

« È tutta così la Maremma?» diceva. « Cammini, cammini, non incontri nessuno e non arrivi mai in nessun posto.»

Amedeo si mise a ridere:

«E in che posto vorresti arrivare?»

«E Massa,» continuò Germano senza badargli. «Sentivo sempre dire: Massa, Massa, e invece Pomarance è un oro al confronto.»

Germano era campanilista. Egli si sentiva in dovere di sostenere il paese dov'era nato, San Dalmazio, e il comune a cui questo appartiene, Pomarance. Ciò che non gli impediva di lamentarsi sovente contro il destino che lo aveva fatto nascere in quei luoghi dove, a parte il contadino e il boscaiolo, non c'è niente altro da fare.

Guglielmo fu il primo a levarsi in piedi: cominciava a provare ora quello che le tenebre prima, la fatica poi avevano tenuto in sordina: il desiderio di raggiungere il taglio, di prenderne possesso, di iniziare il lavoro. Si rammaricava al pensiero che i primi due giorni avrebbero dovuto perderli per costruire il capanno. Aveva infatti scartato l'idea di utilizzare un capanno esistente nella pendice opposta al taglio perché, tra andare e venire, avrebbero finito col perdere assai più tempo.

Scalando l'ultimo monticello, pensava che, senza il contrattempo della fattoria, avrebbero potuto essere sul posto fin dalla sera prima. E quando, giunto in cima, vide il fulgore del sole nascente trasparire dietro le nubi gonfie e frastagliate che orlavano l'orizzonte, lo invase addirittura come una febbre di camminare, di agire, di recuperare il tempo perduto.

Il declivio andava popolandosi di cespugli e alberelli.

«Siamo ancora lontani?» domandò Germano.

«Vedi lassù?» fece Guglielmo fermandosi un momento e indicando un punto elevato del crinale boscoso. « Dove si distinguono quei tre grandi alberi. Comincia in quel punto e scende dalla parte di là, fino al torrente Sellate. »

« Si sta bene! Ci vorranno due ore, » commentò Germano, che insisteva nel suo atteggiamento.

In realtà bastò molto meno. Passato infatti il torrentello che scorreva in basso, cominciò una salita quasi ininterrotta e a tratti assai ripida che in tre quarti d'ora li portò ai tre alberelli isolati da cui cominciava il taglio.

Il sole ormai alto sull'orizzonte inondava la vallata sottostante, in fondo a cui scorreva il torrente Sellate. Strati di nebbia stazionavano ancora in basso, sopra il torrente; e nebbiosa e luminosa a un tempo era l'aria. Guglielmo respirava a pieni polmoni; si sentiva gonfiare il petto dall'energia e dal benessere. Contemplava il taglio con un senso di legittimo orgoglio. Finalmente si riscosse e, rivolgendosi a Fiore:

« Qui sulla sinistra, » disse, « si segue il viottolo: meno in due punti, dove rientra. Sulla destra si va lungo la tagliata; e poi c'è come una spaccatura, che via via si allarga, giù fino al torrente Sellate. Mettiti dove sono io che vedi meglio » e si sbracciava per mostrare a Fiore l'esatto confine del taglio. « Come vedi, la parte migliore è questa alta. In basso, si sa, c'è anche roba minuta, e proprio sopra il torrente si lavora male. Ma tre ettari di pineta, e quattro e mezzo di forteto, quasi tutto di qualità forte, al prezzo che sai — solo a Fiore aveva detto il prezzo — è regalato. Dalle nostre parti lo avrei pagato il doppio. »

Con la parola forteto i boscaioli indicano la macchia sotto i venti anni, che d'ordinario non supera i sette-otto metri di altezza. La qualità forte è rappresentata dall'albatro, dal leccio, dalla quercia e dal cerro; la qualità debole dal carpino, dal frassino e dall'orniello. La qualità forte, come dice il nome, fornisce un carbone migliore. Il pino lo si comincia a tagliare sui venticinque-trenta anni, quando è alto otto-dieci-quindici metri, e serve per legname e tavolame da miniera.

I boscaioli ascoltavano con grande attenzione le spiegazioni di Guglielmo, sebbene la bontà o meno dell'acquisto non li riguardasse, dato che non godevano di percentuale. Il solo Germano ostentava di disinteressarsi della cosa. Si era seduto a qualche passo da loro, con le spalle rivolte al taglio, aveva acceso una sigaretta e sembrava occupato unicamente a fumare.

«Ce n'è del lavoro,» disse Amedeo, visto che Fiore non si decideva ad aprir bocca.

«Cinque mesi, come minimo,» fece Guglielmo.

«A prima vista, potrebbe sembrare un taglio di quarant'anni,» disse Francesco, alludendo alla pineta.

«E si taglia bene,» disse Amedeo. «Almeno quassù.»

I favorevoli apprezzamenti di Amedeo e di Francesco lusingavano Guglielmo; ma Fiore continuava a far pesare il suo silenzio. Stava immobile, col capo leggermente reclinato su una spalla; guardava sempre in direzione del taglio, come se i suoi occhi esperti fossero in grado di scorgere elementi di giudizio che agli altri erano passati inosservati.

«Dunque?» fece Guglielmo. «Cosa ne dici, Fiore?»

«È un buon affare. Almeno sembra.»

E lasciato cadere questo laconico e non troppo impegnativo giudizio, Fiore si avviò per primo lungo il sentiero che limitava, a sinistra, il taglio.

«Che? Si riparte di nuovo?» fece Germano alle sue spalle.

Ma nessuno badava a lui. Fiore trotterellava avanti; il mulattiere si preoccupava delle bestie, data la forte pendenza. Guglielmo discorreva con Francesco e Amedeo, e ogni tanto si fermavano a osservare qualcosa.

Il sentiero divenne più precipitoso ancora e chiuso interamente da una boscaglia impraticabile. Fiore non era più in grado, anche voltandosi, di scorgere gli altri, ma ne sentiva, in alto, le voci. Sbucò finalmente all'aperto, nel letto del torrente, che era ampio e ingombro di macigni. Nel mezzo scorreva poco più che un filo d'acqua.

Di lì salirono sulla pendice opposta, fino al capanno, che li avrebbe ospitati per i primi giorni. Scaricarono gli arnesi, il paiolo, le provviste e le coperte, dopodiché rimandarono indietro i muli. Francesco, nella sua qualità di cuciniere, fu il primo a mettersi al lavoro, aiutato da Germano. A mezzogiorno la polenta veniva scodellata fumante sul tavolo. Mangiarono fette di polenta e pecorino romano; nel pomeriggio iniziarono la costruzione del capanno circa a metà del taglio. Cominciarono con l'abbattere due pini, per fare un po' di largo; poi sterzarono accuratamente il terreno; si diedero quindi a tagliare giovani tronchi e grossi rami, per lo più di leccio, che avrebbero costituito l'armatura del capanno. Smisero di lavorare quando il fischio acuto di Francesco risuonò dall'opposta pendice.

Guglielmo era stanco e sedette fuori del capanno.

33

La pendice di fronte era interamente in ombra. Il taglio aveva la forma di un triangolo isoscele: il torrente ne costituiva la base e i tre alberi isolati il vertice. Ora l'abbracciava con uno sguardo d'insieme, ora aveva l'occhio ai confini: risaliva il sentiero, correggendone mentalmente le rientranze; scendeva lungo la tagliata e di là saltava alla scanalatura, percorrendola con lo sguardo fino al punto in cui strapiombava sul torrente. La macchia cupa dei lecci lo rallegrava quanto il bianco filiforme dei carpini e dei frassini e il verde chiaro dei pini; la traccia rossastra del sentiero come la striscia livida della scanalatura.

Poi tutti indistintamente i colori incupirono e si fusero insieme. La contentezza cadde dal cuore di Guglielmo. Rimase ancora qualche minuto lì, davanti a quell'oscura massa, mentre calava la sera. Entrando nel capanno, guardò quasi con disperazione i visi dei compagni illuminati dalla fiamma e la polenta scodellata fumante sul tavolo.

III

Impiegarono due giorni a costruire il capanno. Terminata l'armatura di rami, provvidero a rivestirla di zolle, la parte erbosa rivolta verso l'interno; così che esternamente pareva un capanno di fango. Sul tetto spiovente venne stesa la carta incatramata. La porta fu una fatica particolare di Fiore.

Internamente vi erano due letti coperti di stipe; nel mezzo, in corrispondenza della porta, un focarile e lo spazio per il tavolo. Niente altro.

Il terzo giorno lo impiegarono nel trasporto e nella

sistemazione della roba. Dopo mangiato, Guglielmo se ne andò alla fattoria, dove giunse a buio. Il fattore non c'era. La fattoressa, che era incinta, se ne stava seduta in un angolo della vasta cucina senza far niente. Alquanto imbarazzato dalla presenza della donna, Guglielmo tirò fuori il suo taccuino e riesaminò dei conti, benché non ce ne fosse alcun bisogno. Poi con un pretesto uscì fuori. Girellò per la fattoria, finendo nella stalla, dove assistette alla mungitura, fatta naturalmente con criteri ultramoderni.

Dopo cena il fattore lo trattenne a lungo con le sue chiacchiere, rinnovando le lamentele contro i contadini retrogradi e presuntuosi e dicendosi pentito di esser venuto via dal Piemonte. Non c'era confronto con le soddisfazioni che aveva lassù un direttore d'azienda, e calcò bene la voce su questo termine (evidentemente si sarebbe offeso del nome di fattore). Guglielmo dormì in una cameretta attigua alla cucina. Alle quattro si mise in cammino. Un fastidioso mal di testa gli tenne compagnia per tutta la strada. Per di più era digiuno e a metà della salita nel bosco lo prese una debolezza tale che le gambe gli vacillavano e si sarebbe buttato volentieri in terra.

Appena si fu affacciato alla conca del Sellate, udì risuonare i colpi delle accette. Il sole pallido illuminava di sbieco le pendici boscose. Una leggera brezza, levatasi anch'essa da poco, faceva stormire appena le fronde. Guglielmo aspirò a lungo l'aria fresca, odorosa: un senso di benessere fisico e morale lo pervase tutto e, scendendo per il viottolo, si fermò ancora ad ascoltare i colpi delle accette. Risuonavano cupi in basso; rispondevano altri colpi, più in alto e a destra, nitidi e chiari. *Tuc, tuc; tac tac*: i colpi si susseguivano, ma non poté scorgere i tagliatori se non quando fu a pochi passi da loro.

Passando accanto a Fiore, ricambiò appena il saluto. Raggiunse il capanno, si tagliò il pane e la carne rigata e trangugiò in fretta i bocconi; bevve pochi sorsi di caffè tiepido e uscì all'aperto in maniche di camicia, con l'accetta e la roncola. Sarebbe stato suo dovere impartire direttive per l'ordine del taglio; ma oltrepassò gli uomini senza dir nulla e prese a lavorare lungo il sentiero.

Tac: una scaglia schizzò via. *Tac*: la tacca bianca si approfondì. Ancora qualche altro colpo di striscio, poi Guglielmo cominciò a lavorare di taglio. A ogni colpo saltavano via schegge, frammenti, brìcioli. La lama si conficcàva puntualmente nel taglio; Guglielmo la liberava con uno strattone, tornava a rialzare l'accetta e questa ricadeva nello stesso punto. Ancora dieci, dodici colpi, e il pino crollò, restando tuttavia attaccato al ceppo per una sottile lingua filamentosa. Un paio di accettate ancora, e la tenace fibra fu recisa. Il pino si assestò sul terreno. Guglielmo si mise a cavalcioni del tronco e provvide a mozzare i rami e la punta.

Lavorò di lena l'intera giornata, senza occuparsi di quello che facevano gli altri. Di tanto in tanto si raddrizzava per guardarsi intorno, per aspirare il penetrante odore che dà la polpa del legno e, soprattutto, per ascoltare i colpi. Poi tornava ad alzare l'accetta lasciandola ricadere con forza.

Fu l'ultimo ad abbandonare il lavoro, benché fosse in movimento da quindici ore. Mangiava macchinalmente, guardando fisso un punto qualsiasi del capanno, e vedeva mentalmente l'accetta alzarsi e ricadere, alzarsi e ricadere, finché la pianta crollava fragorosamente. Si agitò tutta la notte: in sogno o nel dormiveglia vedeva mulinare la scure.

Il capanno era stato costruito al limite tra la pineta e la macchia. Di lì andarono risalendo la pendice. Germano e Francesco lavoravano sulla sinistra, Fiore e Amedeo lungo il sentiero. Guglielmo tagliava qua e là, secondo quel che riteneva opportuno.

Ogni dieci pini ne risparmiavano uno. Vanno infatti lasciate un centinaio di piante per ettaro, che costituiscono il madricinato o, come dicono anche con poetica espressione, il corredo del bosco.

Molto spesso la giornata trascorreva senza che comparisse anima viva. Altre volte i loro contatti col resto del mondo si limitavano alla vista di un mulattiere. L'uomo procedeva lungo la carrareccia che costeggia il torrente, tirandosi dietro due o tre muli carichi di fascine, e non si accorgeva nemmeno della presenza dei boscaioli. Solo alzava il capo, quando i colpi delle accette ricominciavano; ma, ingannato dall'eco, guardava verso la pendice opposta. Una mattina, sull'ora del mezzogiorno, Germano stava per dare il colpo di grazia a una pianta alta non meno di quindici metri, quando scorse a due passi di distanza un uomo col fucile a tracolla.

«C'è molto per ***?» chiese l'uomo pronunciando un nome che Germano non capì nemmeno bene ma che comunque non aveva mai udito.

«Non sono pratico di questi luoghi,» rispose. «Fate attenzione,» aggiunse dopo un momento.

Un paio di accettate ancora e il pino crollò fragorosamente, scivolando per un paio di metri lungo il pendio. Germano si raddrizzò asciugandosi il sudore.

«Com'è andata la caccia?» chiese.

«Male,» rispose l'uomo; e con un gesto indifferente tirò fuori un fagiano.

«Mica poi tanto male,» commentò il ragazzo.

«Fare tutti quei chilometri per questo...» disse il cacciatore con una smorfia di disprezzo; e, come sentendo il peso di tutti quei chilometri, sedette al piede di un ceppo. Cavò di tasca una scatola di sigarette schiacciate, col bocchino d'oro, e ne offrì una a Germano, che accettò. Accettando, gli parve d'essere obbligato a tenergli compagnia, almeno finché durasse la sigaretta; e, conficcata in terra la scure, si accoccolò sui talloni, a due passi dal cacciatore.

«Mi avevano tanto magnificato...» cominciò quest'ultimo. Non finì la frase. «E poi, posti da capre. Troppo faticoso,» aggiunse come parlando a se stesso.

Era di alta statura e di forte complessione, con ciocche di capelli bionde miste ad altre scure, e il viso fittamente segnato di rughe. Aspirava così profondamente e con tale frequenza la sigaretta, che buttò via il mozzicone, quando Germano non ne aveva ancora fumata metà.

«Fagiani però ce n'è molti,» disse Germano. «Tutte le mattine, fin verso le nove, si sentono cantare. Tanto che ora quando vado a casa ho pensato di portarmi il fucile.»

Improvvisamente l'uomo emise un fischio acutissimo. Un attimo dopo, un cane sbucò di corsa da qualche parte. Il padrone lo respinse; allora l'animale annusò gli stivali a Germano, che gli fece una carezza; poi si stese al sole.

«È un *pointer*?» chiese Germano.

L'uomo fece cenno di sì.

In quel momento comparve Guglielmo. Germano si affrettò ad alzarsi in piedi e a riprendere la scure; Guglielmo stava per dirgli qualcosa, ma scorse il cane e subito dopo il cacciatore.

«Buon giorno,» disse.

«Buon giorno,» rispose l'uomo.

Accese un'altra sigaretta, poi ripeté la domanda che aveva già rivolta a Germano.

«Sì, ne ho sentito parlare,» rispose Guglielmo. Rifletté un poco e poi disse: «È a un paio d'ore da qui».

«Capperi,» disse l'uomo. «È un bel pasticcio,» borbottò.

Guglielmo lo invitò a mangiare un boccone con loro. Quello non si fece pregare. Mangiò in silenzio il minestrone preparato da Francesco. I boscaioli si peritavano a fargli domande e anche a parlare tra loro. Da ultimo soltanto venne fuori che l'uomo era un commerciante di Firenze. Appassionato cacciatore, si trovava in Maremma già da una settimana, con un amico; ma l'amico s'era ammalato ed era rimasto appunto alla fattoria di ***.

«Prende il caffè?» disse Guglielmo. «Beninteso, è caffè per modo di dire...»

L'uomo fece un gesto con la mano, come per dire che non importava: una bevanda calda era comunque bene accetta. Dopo offrì in giro le sue sigarette col bocchino d'oro.

«Ma gliene rimane una sola,» disse Guglielmo schermendosi.

«Ne ho ancora quattro scatole,» rispose l'uomo sorridendo e toccandosi la tasca.

«Se è così,» disse Guglielmo, «una l'accetto volentieri, benché sia abituato a fumarle più forti.»

«Per me, allora?» fece Amedeo ridendo. «Questa è paglia addirittura.»

Francesco aveva rifiutato, perché lui fumava la pipa; Fiore, che fumava il sigaro, l'aveva accettata e deposta sul tavolo.

«Bene,» disse l'uomo alzandosi. «Grazie dell'ospitalità.»

Fece un saluto collettivo alla compagnia e uscì dalla capanna.

«Accompagnalo,» disse Guglielmo a Germano.

Germano lo accompagnò fino alla sommità del taglio. Di lassù bastò all'uomo un'occhiata per orizzontarsi.

Per tutto il pomeriggio, Germano non fece che pensare alla caccia. Interrompeva il lavoro tendendo l'orecchio, se dal fondovalle venisse il grido di un fagiano. Sentendosi addosso lo sguardo del principale, con un mezzo sospiro tornava ad alzare la scure.

Il giorno dopo era domenica. Verso le dieci, Guglielmo e Germano scesero al torrente per lavare. Proprio nell'attimo in cui sbucavano sul greto, da un gigantesco macchione volò via un fagiano. Il ragazzo emise un'esclamazione di sorpresa e di rammarico:

«Avessi avuto il fucile! Ma ora quando vado a casa per Natale lo prendo.»

«Bada che il 31 dicembre chiude la caccia,» disse Guglielmo.

«È vero,» fece Germano. «Non ci avevo pensato.»

Non piovendo ormai da un mese, il Sellate era ridotto a un esile filo d'acqua che scorreva al centro del greto, tra sassi levigati e bianchi. Il pietrame intorno era invece di un colore giallo-sporco.

Per lavatoio scelsero l'incavo di un grande masso sepolto nel greto. Si misero uno da una parte e uno dall'altra e presero a strofinare e a insaponare vigorosamente i panni. Avevano un pezzo di sapone ciascuno, e il bruschino in comune. L'acqua era limpida e fredda.

«Compiango le donne,» disse Germano guardandosi le mani arrossate.

«Davvero,» fece Guglielmo.

Al paese il lavatoio era subito sotto la piazzetta. Non avevano nemmeno provveduto a coprirlo con una tettoia e, quando pioveva, le donne si riparavano alla meglio mettendosi una balla in capo. Gli venne in mente la moglie, quando tornava dal lavatoio portando in equilibrio sul capo la cesta dei panni. Proprio l'inverno precedente si era rovinata le mani. Le aveva tutte piagate e sanguinanti, e per un mese non era più stata in grado di fare il bucato, e nemmeno di rigovernare. Per fortuna con la buona stagione era guarita.

"Per fortuna," pensò subito dopo Guglielmo, "fu una bella fortuna davvero, se tre mesi dopo è morta." «Anche le donne hanno il loro daffare,» disse a voce alta (parlava tanto per scacciare i tristi pensieri). «Ed è giusto che sia così. Se l'uomo lavora, la donna non deve starsene con le mani in mano.»

«A me non andrebbe giù,» disse Germano, «lavorare come un negro e la moglie a casa a far la signora.» Poi disse che, se non ci fosse stato di mezzo il militare, non avrebbe lasciato passar l'estate senza prender moglie. «Voi quanti anni avevate quando prendeste moglie?»

«Ventotto,» rispose Guglielmo.

«Un brutto numero,» fece Germano sorridendo.

Anche Guglielmo sorrise:

«Oh, per questo delle nostre donne possiamo esser sicuri...». Poi raccontò a Germano che dopo la guerra era rimasto un anno militare nel Veneto. Bisognava vedere com'erano le ragazze di lassù. «Una libertà, anche nel parlare... Noi toscani restavamo meravigliati.»

La tenue corrente aveva respinto ai margini della conca (chiamiamola così) le bolle della saponata. Sciacquarono un'ultima volta i panni; levatisi in piedi, li strizzarono energicamente.

«Ecco fatto,» disse Germano.

Depose i panni strizzati su un sasso pulito, si strofinò le mani lungo la cucitura dei pantaloni, poi dal taschino della camicia tirò fuori una sigaretta e i cerini. Guglielmo fece altrettanto. Ripresero la roba e si avviarono per il greto, con le sigarette in bocca, parlando di questo e di quello.

Una volta tornati al capanno, Germano fu incaricato di sorvegliare il paiolo della polenta, perché Francesco era andato alla fattoria con Amedeo. Quella monotona occupazione diede agio al ragazzo di sprofondarsi nei suoi pensieri, che non erano lieti. Desiderava sposare, perché i costumi delle ragazze del paese erano tali, che la sua sensualità non aveva modo di sfogarsi. Ma sposare significava anche l'inizio di una vita assai dura. Avrebbe dovuto lavorare di più, mangiare peggio e bere meno, e privarsi anche di quei pochi divertimenti che ci si possono permettere in un paesino fuori del mondo come San Dalmazio.

«Specialmente se la moglie ti resta incinta alla prima... Speriamo che a fare il soldato mi mandino nel Veneto. Se è vero che le ragazze di lassù sono come dice Guglielmo... Moglie da quelle parti non la piglio, questo è sicuro. Non potrei più fare il boscaiolo: rimarrei intricato agli alberi con le corna.»

E il ragazzo rise tra sé.

Francesco ed Amedeo tornarono nel tardo pomeriggio. La cena trascorse in silenzio, e la veglia non ebbe miglior esito.

IV

Tutte le sere avevano l'abitudine di vegliare un'ora o due. Appena finito di cenare, spegnevano la candela e restava acceso solo il fuoco nel mezzo. Si accomodavano meglio sui letti coperti di stipa, e facevano la loro fumatina. Guglielmo fumava sigarette Maryland, Germano Moresca o Nazionali. Amedeo tirava fuori le cartine e una scatola metallica contenente del tabacco scurissimo, quasi nero; quindi, senza fretta, cominciava ad arrotolarsi una sigaretta.

«Non so davvero come fai a fumare cotesta roba,» diceva Germano. E aggiungeva: «Mica è tabacco, è polvere da cannone».

Lui s'era provato, un paio di volte, a farsi una sigaretta col tabacco di Amedeo; ma, dopo poche boccate, aveva dovuto buttarla via, tanto era forte.

«Il tuo non è tabacco, è paglia,» ribatteva Amedeo. «Non me ne basterebbero cento il giorno, di sigarette leggere come le vostre.»

«Negli anni della mia gioventù,» cominciava Francesco, ho conosciuto un tale a cui il tabacco che fuma

Amedeo sarebbe sembrato zucchero. E non solo il tabacco: lui ci mescolava foglie di cavolo seccate, grani di pepe e terriccio.»

«Ma l'ho conosciuto anch'io,» diceva Amedeo, «non era forse Beppino, quello che andava in Cecina a pescare le sanguisughe?»

«No,» rispondeva Francesco, «non era Beppino. Era il fratello di Beppino» e si rimetteva in bocca la pipa.

«Come? Aveva un fratello Beppino?»

Ma l'interrogativo di Amedeo restava senza risposta.

«Sotto le armi,» diceva Guglielmo, «ho conosciuto chi le fumava davvero cento sigarette il giorno.»

Guglielmo parlava volentieri dei suoi ricordi di vita militare. Nato nel '99, era stato in tempo a fare un anno di guerra.

«Sotto le armi,» commentava Amedeo, «se ne incontrano di tutte le razze.»

E, come colpito dalla profondità di questo suo pensiero, restava a fissare la fiamma, con la sigaretta stretta fra le dita. Infine si scuoteva, disfaceva la sigaretta, tornava ad arrotolarla, la leccava e se la metteva in bocca.

Poco meno scuro e ancor più puzzolente era il tabacco con cui Francesco aveva caricato la sua pipa. Fiore fumava il toscano. In capo al giorno, gli ci voleva mezza scatola di fiammiferi, perché, dopo due tirate, lasciava che si spegnesse.

Dalle schermaglie intorno al tabacco, che si ripetevano ogni sera, prendeva avvio la conversazione. Alla quale solo eccezionalmente prendeva parte Fiore. Anche Guglielmo era piuttosto taciturno. Amedeo aveva delle uscite curiose, e Germano si divertiva a punzecchiarlo. Ma l'anima delle veglia era Francesco. Quel vecchio sembrava che avesse avuto venti vite, tante erano le cose che sapeva e le avventure che gli erano occorse.

In genere raccontava episodi della propria vita; e non tutti, per la verità, erano credibili. Ma nessuno avanzava dubbi sulla loro autenticità. Veridici o no, erano quello che ci voleva per passare alla meno peggio le interminabili serate invernali. A volte narrava episodi storici: l'Inquisizione di Spagna, le Crociate, Alessandro VI Borgia. Anche qui, la verità non era molto rispettata. Oppure semplicemente raccontava delle novelle.

Quando Germano (era generalmente lui) gli chiedeva di raccontare una novella, Francesco cominciava con lo schermirsi:

«Un tempo ne sapevo molte, ma ora mi fa difetto la memoria. Quella di Palorsino, quella della Capra Margulla, quella della Bella del Sole... Quella della Bella del Sole era lunga, non bastavano tre serate per arrivare in fondo.»

«E allora raccontala, è quello che ci vuole: cominci stasera e finisci dopodomani.»

«Ma se ti dico che non me ne ricordo.»

Se ne ricordava benissimo, invece; e se anche qualche passaggio non lo ricordava, ciò non poteva sgomentarlo, perché aveva bastante fantasia e disinvoltura per inventare.

«Via che te ne ricordi,» insisteva Germano.

Infine, dopo molte reticenze, d'un tratto si decideva a raccontare. Riponeva la pipa, tossiva, accennava a parlare, tornava a schiarirsi la gola; finalmente cominciava:

«Nei tempi passati, il re di Portogallo aveva una figlia, in onore della quale diede una magnifica cacciata. Più di cinquecento cacciatori iniziarono la battuta alle prime luci dell'alba, in un possedimento del re. Se i cacciatori erano più di cinquecento, i ragazzi addetti a scovare la selvaggina erano più di cinquemila. Quanto ai cani, vi basti dire che per l'occasione erano stati radunati tutti i cani da caccia che si trovavano nel reame. A un certo momento la figlia del re, che era una valentissima cacciatrice, scorse una colomba che brucava l'erba in un prato. Spronò il cavallo, portandosi a distanza di tiro dall'animale. Mentre stava prendendo la mira, la colomba si levò in volo, andando a posarsi più lontano. La figlia del re spronò di nuovo, portandosi a tiro. Ma un attimo prima che premesse il grilletto, la colomba volò via. Indispettita dal contegno dell'animale, che sembrava si divertisse a prenderla in giro, la figlia del re si ostinò a inseguirla; ma ogni volta la colomba spiccava il volo per tempo, andando a posarsi sempre più lontano. Finché un bel momento sparì alla vista della cacciatrice.

«Nel frattempo si era fatta sera. La figlia del re... ma no, sbagliavo, era il figlio del re. Nemmeno, era un semplice scudiero. Vedi, non mi ricordo più.»

Germano ci restò male. Guglielmo sorrideva, sapendo che quelle improvvise amnesie non erano che un espediente per eccitare l'interesse degli ascoltatori. Difatti di lì a un momento Francesco riprese tranquillamente la narrazione:

«Con grande sgomento Beppino, così si chiamava

lo scudiero, si avvide di essersi perduto. Tese l'orecchio, se gli accadesse di sentire il suono dei corni, che al calar del sole chiamano a raccolta i cacciatori; ma non sentì nulla. Intanto si era fatta notte, e bisognava prendere una decisione. Il luogo dove si trovava era del tutto disabitato: immaginate un luogo come questo. "Andiamo avanti," pensò Beppino, "forse troverò qualcuno che m'insegni la strada." Egli era anche in pensiero perché il re sicuramente aveva notato la sua assenza ed era andato in collera, e forse al suo ritorno lo avrebbe fatto gettare in prigione. Per tre ore andò avanti senza incontrare anima viva. Finalmente scorse un lumino lontano; e si diresse a quella volta.

Dopo altre tre ore, giunse davanti a un magnifico castello. Scese da cavallo e bussò alla porta; ma nessuno venne ad aprirgli. Bussò di nuovo, e la porta si aprì da sé. Dopo qualche esitazione, Beppino si decise a entrare. Chiamò, ma nessuno rispose. Percorse un corridoio dopo l'altro, attraversò una sala dopo l'altra (ed erano tutte sale grandi come piazze d'armi): non c'era anima viva. Capitò infine in una sala più grande delle altre: in mezzo c'era una tavola apparecchiata per due persone. Poiché aveva una gran fame, Beppino si mise a tavola.

Il primo piatto era riso. Beppino, che era ghiotto del riso, si mise a mangiarlo avidamente. E intanto vedeva che nella scodella di fronte il riso diminuiva a vista d'occhio, come se qualcuno mangiasse assieme a lui. Quando ebbe inghiottito l'ultimo boccone, anche l'altra scodella rimase vuota.

Il secondo piatto era trippa: sì, perché era giovedì. La trippa a Beppino piaceva meno del riso, e tuttavia aveva fame e la mangiò. E, via via che mangiava, la trippa diminuiva anche nell'altro piatto.

Il terzo piatto era nespole. Le nespole non piacevano per nulla a Beppino, comunque mangiò anche quelle. E, via via che se le metteva in bocca, sparivano anche dall'altro piatto.»

La storia continuava su questo tono finché, dopo un seguito di avventure più o meno incredibili, Beppino liberava da una fattura la Bella del Sole, che era poi la figlia del re di Portogallo, e la novella si chiudeva con le immancabili nozze.

Non era durata tre sere, come preannunciato, tuttavia aveva richiesto un'ora buona. Francesco conosceva alla perfezione l'arte di raccontare. Benché indubbiamente si servisse solo di un canovaccio, sviluppandolo e abbellendolo via via che raccontava, pure non aveva mai un attimo di esitazione. È vero che si contraddiceva spesso, ma gli ascoltatori non lo rilevavano.

Le sue novelle erano di un genere particolare, con una curiosa mescolanza di realismo e di fiaba; e non erano paurose. Di storie paurose Francesco ne conosceva bensì una quantità straordinaria, ma le gabellava per vere. Secondo lui non solo le streghe, gli stregoni, i maghi esistevano veramente, ma ve n'erano anche nelle campagne di San Dalmazio e di Pomarance; e avevano dato prova delle loro arti buone o malvage anche recentemente. Gli altri non mettevano in dubbio le sue asserzioni, eccetto Germano, che ci teneva a mostrarsi scettico al riguardo.

Una sera simili discorsi s'innestarono direttamente sulla conversazione riguardante il fumo, che costituiva un preliminare quasi indispensabile alla veglia.

«Questa pipa,» disse Francesco prendendola in mano, «me l'ha regalata uno stregone, che se ne serviva per le sue fatture.»

Sere prima aveva detto invece che la pipa gli era stata lasciata dal babbo, il quale l'aveva avuta dal cavalier Serafini, lo stesso che nascose Garibaldi quando nel '49, fuggendo da Roma, passò da San Dalmazio.

Rigirò tra le mani la pipa e aggiunse:

«Me l'ha regalata Gianni Diavolo.»

«Come?» fece Amedeo stupefatto. «È uno stregone Gianni Diavolo? Questa proprio mi riesce nuova.»

«S'intende, è uno stregone,» disse Francesco. Si rimise in bocca la pipa.

«Altrimenti perché si chiamerebbe Gianni Diavolo?» aggiunse dopo un po'.

In realtà quel soprannome se lo trasmettevano di padre in figlio, e non aveva attinenza alcuna con la stregoneria.

«Gianni Diavolo,» riprese Francesco, «cura tutte le malattie. Delle bestie e dei cristiani. Voi non l'avete chiamato,» fece rivolto a Guglielmo, «quando s'ammalò la vostra moglie?»

Guglielmo scosse la testa.

«Che specie di malattia era?» chiese ancora Francesco.

«Qualcosa ai reni. Un'infiammazione. Ma non ci hanno capito niente.»

«Ah, così,» disse Francesco.

«Dapprima il dottore ha detto che erano i reni,

e poi che forse dipendeva dal sangue. Ma chissà cos'era veramente. In dodici giorni è morta, ecco tutto.»

E non s'interessò più della conversazione. Durante il giorno era assorbito dal lavoro; ma la sera il ricordo della moglie s'insinuava nei suoi pensieri.

Fu Germano a rompere il silenzio. Egli espresse francamente i suoi dubbi circa le prodigiose qualità di Gianni Diavolo. Conosceva bene il mugnaio, che abitava a un tiro di schioppo da lui, e gli era sembrato sempre un uomo come tutti gli altri.

«Come puoi dir questo?» rispose Francesco. «Avresti dovuto essere alla fattoria di Fòsini, parlo di una diecina d'anni fa: ora non diresti tante corbellerie.»

«Che succedeva alla fattoria di Fòsini?» domandò Amedeo.

«Succedevano delle cose straordinarie. Non si sa bene quello che succedeva.»

«Gli asini volavano?» fece Germano, ironico.

«Proprio così,» rispose serio Francesco. «Volavano gli asini, i cavalli, i buoi e ogni altra specie di animali.»

«Ne ho sentito parlare anch'io,» disse Fiore, partecipando in via eccezionale alla conversazione.

«Ma com'è possibile?» fece Germano, con tono cambiato.

La sicumera di Francesco lo disorientava.

«Perché c'erano le streghe,» rispose Francesco. «La notte montavano su quei poveri animali, cavalcandoli sfrenatamente. Li trovavano la mattina grondanti di sudore... Perché in una notte andavano a Roma e tornavano.»

«Perché proprio a Roma?» insisté Germano.

«Per sacrilegio,» rispose Francesco. «Fu chiamato quello di cui vi parlavo dianzi... il mugnaio, Gianni Diavolo, e da allora non è più accaduto nulla.»

«Sarà,» fece Germano, per nulla persuaso.

«Be',» disse Francesco, «e allora senti questa. Lo sai che io una volta ho visto un maledetto?»

Germano si sentì mancare il fiato, anche perché Francesco gli era venuto vicinissimo col viso e lo guardava fisso.

«Cos'è... un maledetto?» domandò alla fine.

«Un morto,» rispose Francesco. «Un morto che non ha pace» la sua voce risuonò solenne nel silenzio della capanna «e che toglie la pace ai vivi.» E qui sembrò sprofondarsi nei ricordi. Si era rimesso la pipa in bocca e mandava fuori grosse buffate di fumo. «Avevo la tua età,» cominciò poi rivolto al ragazzo, «quando mi accadde quella che considero l'avventura più terribile della mia vita. Mio padre mi aveva portato alla fiera del Sasso. Dopo la fiera, desinammo, e poi mio padre si stese sull'erba e disse che facessi anch'io una dormita. Ma io non avevo sonno, così mi misi a girellare. C'era su in alto una villa: una grande villa, si vedeva, con tutte le persiane chiuse. Mi avvicinai e vidi che nella siepe c'era un buco.

Mi caccio dentro a quel buco e penetro nel giardino. Un tempo doveva essere un magnifico giardino, ma ora era completamente abbandonato. Faccio il giro e trovo una porticina socchiusa. La spingo, scendo per una scaletta e imbocco un corridoio.

Era un corridoio stretto e umido, ma c'era abbastanza luce. Alla svoltata mi trovai davanti un maledetto.»

Qui Francesco si arrestò per constatare l'effetto che il suo racconto faceva sugli ascoltatori. Finalmente proseguì:

«Aveva un teschio al posto della faccia, ed era vestito da frate. Tese le braccia, ma io con un salto indietro riuscii a evitare che mi toccasse; eppoi mi voltai e mi misi a correre alla disperata. Uscii all'aperto, ritrovai il buco nella siepe e giù, sempre di corsa, finché non fui da mio padre. Lo svegliai, e gli dissi quello che m'era capitato. E mio padre disse che m'era stato bene, perché avevo voluto andare in giro invece di fare una dormita.»

Germano disse che erano tutte storie, e che lui non credeva a queste cose. Ma prima di coricarsi volevano che andasse a prendere un ferro che era stato dimenticato nella tagliata, e lui si rifiutò di uscire dal capanno.

Spesso, la sera, giocavano a carte. In genere era Germano a proporre una partita. Il ragazzo era anche il primo a cui il gioco veniva a noia e che buttava là le carte dicendo di smettere.

Quando Germano proponeva una partita, Amedeo accettava subito, perché aveva una vera passione per il gioco. Anche Francesco accettava, ma senza dimostrare entusiasmo. Egli era estremamente misurato, in tutte le sue manifestazioni.

Domandavano a Guglielmo se voleva giocare. Glielo domandavano tanto per un riguardo, la risposta del principale essendo invariabilmente negativa.

Così giocavano in tre, oppure costringevano Fiore a far da quarto.

«Non avete mai preso una carta in mano?» chiedeva Francesco a Guglielmo.

«Mai una volta in vita mia.»

«Cos'è? Non vi piace?»

«Mi diverto di più a guardare,» rispondeva Guglielmo. A volte spiegava che non giocava per principio. Sapeva di troppe persone rovinate dal gioco.

«Questo è vero,» diceva Francesco, «ne ho conosciuti io che chiedevano l'elemosina e prima erano signoroni. Noi però giochiamo di niente.»

«Ma appunto: per principio.»

«Se è per questo, allora...»

«Forza; dài le carte,» diceva Germano, impaziente.

Durante la partita, si sottolineavano le giocate con le espressioni d'uso. Certe battute avevano invariabilmente il potere di far sorridere tutti i presenti. Francesco, qualunque carta giocasse, ne diceva il nome, storpiandolo: un reuccio, una donnàccola, un gobbetto, un assiolo... Fiore giocava abbastanza bene, ma sembrava non ci provasse nessun piacere. Spesso, alla fine di una partita, Germano se la prendeva col compagno perché a suo dire aveva giocato male; e arrivava perfino a sbattere le carte sul tavolo. Gli altri in genere si mostravano più tolleranti.

Guglielmo seguiva attentamente lo svolgimento del gioco, ma di rado interveniva nelle dispute.

Qualche volta cominciavano a giocare alle sei e non smettevano prima delle otto-otto e mezzo, ora in cui si coricavano; più spesso invece dopo qualche partita l'interesse per il gioco languiva e finalmente Germano diceva di averne abbastanza. Francesco allora indugiava a fare un paio di solitari, quindi le carte venivano definitivamente riposte. Erano quelle le serate peggiori, perché dopo si trascinavano nel silenzio generale, quasi che il gioco avesse avuto il potere di fermare il corso dei pensieri e di seccare le lingue.

Una sera (saranno state appunto le sette) riposte le carte si stabilì il silenzio. Immobili nel buio, i cinque uomini si sentivano invadere dalla tristezza. Soprattutto Guglielmo. Dall'entratura penetrava invitante la luce lunare. Guglielmo si alzò e uscì dalla capanna. Mosse i passi a caso lungo il pendio; faceva mentalmente dei conti, poi pensò che da due domeniche non riceveva posta da casa; a un tratto fu colpito dalla singolarità dello spettacolo.

Il pendio erboso era madido di luce. Era come se una mano invisibile lo avesse inondato di un liquido prezioso. Le ombre sghembe della capanna e delle piante che il taglio aveva rispettato risaltavano nere come l'inchiostro. Nel crinale di fronte, ciascun albero spiccava isolato, sì che sarebbe stato possibile contarli, almeno fino a un certo punto, oltre il quale impiccolivano, venendo a formare una linea continua. In basso si snodava il nastro luccicante del Sellate.

Come sempre quando si distraeva dai pensieri del lavoro, gli tornò in mente la moglie. Non già che gli tornasse in mente il cimitero; questo non gli accadeva mai; né gli veniva fatto di chiedersi dove fosse ora la moglie, in quello stesso momento in cui pensava a lei. Benché credente, Guglielmo non si era mai posto il problema dell'aldilà. Egli assentiva senza convinzione ascoltando i soliti discorsi: che la sua povera moglie era certamente in paradiso; se non l'aveva meritato lei, che era tanto buona, che non aveva fatto male a nessuno, chi mai avrebbe diritto di andare in paradiso? E, facendo i debiti scongiuri, come stavano bene le bimbe, e come crescevano sane. Segno che di lassù la cara scomparsa vegliava sulle sue creature.

Simili discorsi scivolavano sulla coscienza di Guglielmo senza lasciar traccia. Pensando alla moglie, egli non rivedeva la tomba, né si sentiva vicino il suo spirito. Si ricordava di lei da viva. E più che altro di lei malata. Tutto ricordava, di quei giorni terribili. Stava assistendo il carbonaio che gli finiva di cuocere le rimanenze della stagione quando, un pomeriggio alle quattro, capitò un ragazzo di San Dalmazio a dirgli che andasse subito a casa perché la moglie stava male. E lui, che due giorni prima l'aveva lasciata in perfetta salute, aveva camminato tre ore con la mente in tumulto; finché, affacciatosi alla camera, aveva visto la moglie volgere il viso verso di lui con una smorfia dolorosa, che voleva forse essere un sorriso: mai più avrebbe dimenticato l'impressione che gli fece, gli sembrò che fosse diventata grigia. Ma era solo per via del viso sofferente.

«Credevo di morire mentre tu eri lontano,» gli disse la moglie. Per cinque minuti rimase curvo su di lei, incapace di un gesto, di una parola. Senza informarsi di quello che era stato, sedette al capezzale della malata e per due giorni e due notti la vegliò, assieme alla sorella: la poveretta aveva la febbre sopra quaranta, smaniava, non connetteva più. Poi la febbre scomparve di colpo; il dottore sentenziò che il pericolo era passato. Guglielmo tornò al lavoro. Il sabato pomeriggio riprese la via di casa; per la strada era contento, la stagione era finita, durante l'estate sarebbe rimasto a casa. Era sicuro di trovare la moglie alzata, invece non fu così. Guglielmo ricadde nell'incubo. La moglie era molto debole, non mangiava ed era alterata an-

che come carattere: per un nonnulla si adirava, trattava male la cognata, s'indispettiva per il chiasso delle
bambine. Caterina era colta da crisi di pianto, diceva:
«Non succederà mica qualcosa? Dio mio, Guglielmo, ho tanta paura». Come uomo, Guglielmo si credeva in dovere di mostrarsi fiducioso: in realtà era
accasciato sotto il peso di un destino ineluttabile. E
quando il venerdì la moglie ebbe di nuovo la febbre
sopra quaranta, non fu sorpreso: se lo aspettava. La
moglie ora non parlava più, ma guardava spesso an-
siosamente verso la porta, come se temesse di veder
entrar qualcuno... Oppure, per lungo, lungo tempo,
fissava il marito, e sembrava volesse dir qualcosa;
poi, come sfiduciata di poter essere capita, voltava il
viso verso la parete, e due lacrime silenziose le scorre-
vano lungo le guance. Guglielmo si accostava, le a-
sciugava le guance col fazzoletto, cercava ancora il
suo sguardo... ma lei si ostinava a fissare un punto
della parete.

"Ma cosa mi voleva dire?" pensava Guglielmo.
Ah! era un pensiero insopportabile. Si affrettò a rien-
trare nel capanno.

«Sei stato a prendere il fresco?» chiese Amedeo.

«Sì.»

«Come si stava?»

«Bene... ma ora mi era preso freddo.»

«Quando il freddo è così,» sentenziò Francesco,
«voglio dire il freddo asciutto, si sopporta bene.»

«Però tu non ti muovi dal fuoco,» osservò Germano.

«E Fiore dov'è?» chiese Guglielmo.

«Dorme,» rispose Amedeo.

«Di già?»

« E che altro ci resta da fare? » disse Germano. « Qui siamo proprio fuori del mondo. Domenica vado alla fattoria, » aggiunse come parlando a se stesso. « Sarà sempre meglio che restare qui. »

Poiché anche Francesco si era steso, Germano e Amedeo avevano abbassato la voce. Frammenti di conversazione giungevano all'orecchio di Guglielmo:

« Non vedo l'ora di andare soldato. »

« Cosa ti aspetti? »

« Meglio che qua. »

« Non ti lamentare, ragazzo. Vorrei riaverli, i miei vent'anni. »

Nessuno si curava di alimentare il fuoco, che andava spegnendosi.

« Soltanto alzarsi la mattina alle cinque... »

« Là ti faranno alzare alle quattro. »

Sdraiati l'uno vicino all'altro, Germano e Amedeo continuavano a parlare sottovoce. Francesco cominciò a russare. Fiore dormiva già da un pezzo. "Ma cosa mi voleva dire?" pensava Guglielmo; finalmente si addormentò.

V

Il Natale si avvicinava, e gli uomini si prepararono alla partenza. Poiché cadeva di sabato, avrebbero avuto due giorni a disposizione. Fiore però disse subito che non si sarebbe mosso. Egli era cosiffatto, che nella macchia si trovava a suo agio meglio che a casa. Avrebbe dovuto nascere orso, diceva Amedeo.

All'ultimo momento anche Guglielmo rinunciò a partire.

« Di' a mia sorella che ho avuto paura di strapazzarmi col viaggio. Dille che mi dispiaceva lasciar solo Fiore.»

«Però,» non poté trattenersi dal dirgli Amedeo, «se fosse stata viva tua moglie, ci saresti venuto, a casa.»

«S'intende,» rispose Guglielmo.

«Alla moglie non si può far torto,» concluse Amedeo.

«Vallo a dire a Fiore.»

Amedeo si mise a ridere.

«Vedi invece com'è fatto Francesco,» disse poi. «Lui non ha nessuno al mondo, tanto valeva che il Natale lo facesse qui.»

Francesco, infatti, benché fosse di San Dalmazio, non aveva più parenti al paese. Abitava in due stanzette sopra la canonica, e si faceva da mangiare da sé. Eppure sembrava che la solitudine non gli pesasse, e non aveva mai nemmeno un momento in cui tradisse la malinconia e lo sconforto. Egli soleva dire che, se anche fosse potuto tornare indietro, non si sarebbe formato una famiglia; ed era pienamente soddisfatto della vita errabonda che aveva condotto.

Andarono via il venerdì a mezzogiorno, per essere in tempo a prendere la corriera, che partiva alle cinque e mezzo da Massa. Nel pomeriggio Guglielmo e Fiore continuarono il taglio. Quindi Fiore provvide alla cena. Dopo cena fecero una fumatina; si stesero l'uno accanto all'altro e si addormentarono.

In mezza giornata non avevano scambiato dieci parole; ma il lavoro aveva sopperito alla mancanza di compagnia.

Peggio furono i due giorni seguenti, perché vollero rispettare sia il Natale che la domenica.

La prospettiva di una giornata vuota fece sì che la

mattina di Natale Guglielmo si alzasse il più tardi possibile. Bevuto il caffè, rimasero per un paio d'ore seduti sui letti l'uno di fronte all'altro, guardandosi di sfuggita e senza dire mezza parola. Ogni tanto Fiore attizzava il fuoco. Guglielmo fumò tre o quattro sigarette, ma un incipiente mal di testa (egli vi andava soggetto) lo costrinse a smettere. Ed erano appena le nove di mattina.

«Sarei andato volentieri a casa, ma dopo la disgrazia della moglie...» cominciò.

Una specie di grugnito costituì la risposta di Fiore, scoraggiando l'altro a proseguire.

Il fuoco si stava spegnendo. Guglielmo pesticciò torno torno la cenere, quindi uscì fuori; sbadigliò, fece due passi per la tagliata. Non c'era proprio nulla da fare, nulla a cui pensare.

Alle dieci scese al Sellate per lavarsi un po' meno sommariamente di quanto non usasse i giorni di lavoro. Scalzatosi, si lavò i piedi. L'acqua era addirittura gelida. Dopo essersi lavato viso, collo e braccia, le mani gli erano diventate dure come il legno.

Gli tornò in mente il tempo lontano in cui aveva fatto il soldato. A Cividale, nel 1919, dovevano lavarsi all'aperto, e la mattina l'acqua presentava invariabilmente una crosta di ghiaccio. A volte talmente dura che per spezzarla bisognava ricorrere alla punta della baionetta. Quei veneti non ci facevano caso, ma per i toscani era stata una sofferenza. Se avesse avuto qualcuno vicino, sia pure Fiore, avrebbe dato la stura ai ricordi della vita militare; ma dovette accontentarsi di rimuginarli tra sé.

Più tardi mentre, seduti fuori del capanno, si godevano il solicello invernale aspettando che bollisse l'acqua, chiese al compagno quanti mesi aveva fatto di militare.

«Trentasei mesi, al tempo della grande guerra,» rispose Fiore. «Ero conducente,» aggiunse rispondendo a un'altra domanda.

A furia di domande, venne fuori che l'uomo aveva prestato servizio in prima linea, essendo addetto al trasporto delle munizioni; che una volta una granata gli aveva ammazzato i muli, ferendo lui stesso in modo non tanto leggero, se aveva poi fatto quaranta giorni di ospedale; che dopo Caporetto era stato preso prigioniero. Guglielmo lavorava con Fiore da dieci anni; avevano passato insieme innumerevoli serate nel capanno, quando il silenzio, l'oscurità e il calore del fuoco inducono alle confidenze; aveva dormito più insieme a lui che alla propria moglie; eppure non sapeva né della ferita, né della prigionia. E in effetti la ferita, la prigionia, la guerra erano passate nell'esistenza di Fiore senza lasciar traccia; come sembrava non averlo minimamente scosso la morte dell'unico maschio, avvenuta due anni prima. Il giorno dopo il trasporto era sul lavoro, coscienzioso e sgarbato come sempre. Non c'era nulla che potesse interessarlo all'infuori dei tagli e delle carbonaie; non sapeva parlare d'altro che di pineta e forteto, qualità forte e qualità debole, metri steri e madricinato; l'unico sentimento che lo animava era l'orgoglio professionale.

Quando Guglielmo si mise alla sua volta a tirar fuori i ricordi di guerra, Fiore stette ad ascoltarlo indifferente, senza nemmeno prendersi la briga di fare ogni tanto un cenno di assenso.

«Be',» disse Guglielmo, quando furono seduti di fronte al minestrone di pasta e fagioli (il desinare na-

talizio non era diverso da quello degli altri giorni),
«siamo abbastanza avanti col lavoro, ti pare?»

«Uhm,» rispose Fiore. «Potevamo essere più a-
vanti.»

Ma non volle spiegarsi meglio. Egli godeva nel dare risposte laconiche e sibilline. Era questo il lato più
indisponente del suo modo di fare.

«Finora si è tagliato bene,» disse poi, «ma come
metteremo piede nella macchia... Metà del tempo an-
drà via per sterzare.»

«Non sarà peggio dell'anno scorso, a Caiani.»

«Che dici? Tre volte peggio.»

«Ma se quella era tutto un fradiciume,» proruppe
Guglielmo.

Fiore si tenne fermo alla sua opinione. A sentir lui
la macchia di Caiani era asciutta per quanto questa
era inzuppata. Per non farsi cattivo sangue, Guglie-
mo lasciò cadere la conversazione.

Ma in qualche modo doveva sfogarsi: e, appena
finito di mangiare, scese a gran passi in fondo al taglio. Abbandonato il viottolo, si cacciò nella macchia.
L'erba, i cespugli, i rovi naturalmente erano umidi,
ma i tronchi dei lecci apparivano perfettamente a-
sciutti. "E questa, secondo quel testone, sarebbe una
boscaglia fradicia, un marciume! Nemmeno buona
per far la carbonella!" S'intende, finora il tempo li a-
veva aiutati; avevano avuto un novembre e un dicembre come se ne vede di rado; e forse, tenendo conto
del tempo, era stato un errore non cominciare dal basso; comunque, con la macchia di Caiani non c'era
nemmeno da far confronti. Immollandosi tutto, graf-
fiandosi il viso e le mani, percorse un bel tratto di
macchia, infervorato.

Dopo si fece la barba davanti a un frammento di specchio incastrato nel fango della capanna. Seduto accanto a lui, Fiore affilava tranquillamente le accette e i pennati.

«Vai alla fattoria domani?» chiese Guglielmo.

«No.»

Nel territorio sfumato che chiudeva l'imbocco della valle si distingueva un paese. "Che paese sarà?" pensava Guglielmo. Poi gli venne fatto di pensare un'altra cosa: "Da che parte rimarrà il nostro paese?". Non si orientava tanto bene, e non poté concludere con sicurezza.

Ora pensava alla malattia di cui era morta la moglie. Che specie di malattia era stata? Il dottore non aveva saputo darle un nome; e lui, quando la gente gli chiedeva spiegazioni, si trovava imbarazzato a rispondere.

Se ti dicono: "È stata una polmonite, un carcinoma", non per questo ti rassegni; ma è sempre meglio che niente. Al paese dicevano che la sua povera moglie era stata stregonata. Anche questa era una spiegazione, ma Guglielmo non l'aveva accolta, sebbene non fosse alieno dal credere alle fatture. Don Mario gli aveva detto, posandogli una mano sulla spalla, che si mettesse il cuore in pace, perché tale era stata la volontà di Dio...

Il sole era già tramontato. Guglielmo si alzò:

«E anche questa è passata,» disse.

Entrò nel capanno e vi accese il fuoco. Le pine crepitarono e la fiamma si sprigionò sibilando. Guglielmo sedette sul letto e tese le mani alla fiamma. Alla cena pensava Fiore.

Dopo cena fece due passi per la tagliata, fermandosi ogni tanto a guardare i lumi del paesino tremolanti nell'oscurità. Poteva anche immaginare che fosse il suo paese. In passato, quella vista gli avrebbe fatto piacere. A quell'ora la moglie, la sorella e le bimbe si mettevano a tavola, e Guglielmo poteva seguire con l'immaginazione lo svolgersi della cena. Il bosco era buio e inospitale, magari tirava vento e scrosciava la pioggia, ma lui aveva il conforto di pensare che nella cucina la luce illuminava nitidamente l'acquaio pulito e la tavola apparecchiata. La famigliola sedeva a tavola, tintinnavano le posate, le parole della moglie e della sorella e il chiacchiericcio delle bimbe salivano nell'aria raccolta della stanza. Ecco, la cena era finita, Irma cominciava ad aver sonno, la piccola invece sembrava ancor più vispa e irrequieta. Sedute l'una di fronte all'altra, le due donne si riposavano un poco prima di rigovernare e di mettere a letto le bimbe. Era grazie al suo lavoro che la famiglia poteva condurre un'esistenza agiata e tranquilla. Perciò Guglielmo non si lagnava della dura vita a cui era costretto per la maggior parte dell'anno.

Ora invece pensare a casa sua gli faceva male, e la vista dei lumi lontani, che richiamavano quelle immagini familiari, gli pesava intollerabilmente. Rientrò nel capanno. Fiore era già disteso sul letto, non si poteva sapere se dormiva già. Meglio imitarne l'esempio. Meglio così, star distesi nell'ombra, lasciando che gli occhi seguissero il vago chiarore della fiamma semispenta e che i pensieri andassero senza ordine dove il caso li portava. E sperare che il sonno venisse presto.

Precipitare nel buio del sonno era quanto di meglio gli restava. Quando Guglielmo sentiva il sonno venire, era contento, perché per qualche ora sarebbe stato liberato da ogni pensiero, e perché un altro giorno era passato. A uno a uno i giorni passavano, e i mesi e gli anni restavano dietro le spalle. Aveva già trent'otto anni; non era lontano il traguardo dei quaranta, passato il quale sarebbe stato un uomo maturo, quasi una persona anziana. Anche il giorno della disgrazia si allontanava, sia pure lentamente. Guglielmo non sperava che il tempo avrebbe colmato il vuoto che si era aperto nella sua vita, e tuttavia era una bella cosa che il tempo passasse. Gli anni sarebbero scivolati via uno dopo l'altro, le sue figliole si sarebbero sposate, e lui si sarebbe trovato vecchio senza accorgersene.

Così passò il Natale: il primo che Guglielmo facesse fuori casa. "Avrei fatto meglio ad andare", pensò la mattina. Un'altra giornata vuota gli si apriva davanti. Guglielmo era attaccato agli usi e alle tradizioni, e non gli passò nemmeno per la mente che avrebbe potuto trascorrere la domenica lavorando.

La monotonia della giornata fu interrotta da una visita: un boscaiolo dell'Appennino pistoiese, che parlava con accento marcatamente emiliano. In Maremma s'incontrano frequentemente accampamenti di boscaioli della montagna pistoiese. I montanari arrivano in autunno e ripartono nella primavera inoltrata. Anche il Natale e la Pasqua lo passano al bosco. I loro accampamenti si riconoscono subito per la presenza delle donne e per la forma caratteristica dei capanni, a pianta rettangolare anziché ellittica.

L'uomo faceva parte di un accampamento distante un'ora di strada. Veniva a chiedere in prestito qualche chilo di farina gialla. Disse che erano in diciotto, tutti della provincia di Pistoia, e che si rifornivano alla fattoria della Marsiliana. Ma Guglielmo non l'aveva mai sentita nominare. Fiore s'interessò molto del nuovo venuto e gli rivolse parecchie domande di carattere professionale. S'intendevano male però, perché i termini non erano gli stessi.

«Ve la riporteremo dopodomani,» disse l'uomo quando si fu caricato il sacco sulle spalle.

Guglielmo disse che non stessero a scomodarsi:

«Verremo noi a farvi una visita domenica prossima.»

«Avete capito la strada?» disse l'uomo, e ripeté le indicazioni.

«Forse troverò là il carbonaio che mi occorre,» spiegò poi Guglielmo a Fiore.

Il carbonaio è un mestiere difficile, che si trasmette di padre in figlio. Carbonai in Maremma non ce ne sono. Provengono tutti dall'Appennino pistoiese, dalla Garfagnana, o da Montemignaio.

«Ci vorrà uno che sappia il fatto suo, con quella legna bagnata,» disse Fiore; ma Guglielmo non rilevò l'allusione.

Germano, Francesco e Amedeo arrivarono a mezzanotte. Guglielmo si svegliò quasi subito.

«Come sta Caterina?» chiese ad Amedeo.

«Sta bene. Le ha fatto dispiacere che tu non sia venuto.»

«Le hai spiegato che...»

«Per la verità non sono stato a farle tante spiegazioni. Avrà capito da sé.»

«Sì,» disse Guglielmo. «Le bimbe le hai viste?»

«Ho visto quella grande.»

«E a casa tua tutti bene?»

«Grazie a Dio, sì.»

Poi i tre si stesero sul letto, avvolgendosi nelle coperte di tipo militare. Germano si lamentò che le stipe fossero più dure dei materassi, ma due minuti dopo dormiva. Anche Amedeo e Francesco, che erano stanchi la loro parte, non tardarono ad addormentarsi. Fiore non si era nemmeno svegliato, o quanto meno non lo aveva dato a vedere.

Guglielmo stentò invece a ritrovare il sonno. Provava quasi rimorso per non essere stato a casa. Gli pareva di aver mancato verso la sorella e verso le bimbe. "Dio mio, diventerò peggio di Fiore", pensava.

Dopo tutto, non sarebbe stato un male. Fiore almeno non sentiva nulla. Nemmeno la morte del figliolo aveva sentito. Era molto meglio essere come Fiore; o come Francesco, che non aveva nessuno al mondo.

VI

Dopo due giorni di inattività, Guglielmo fu molto contento di riprendere il lavoro. All'alba era già in fazione. Si trattava di abbattere gli ultimi pini in alto. Guglielmo si mise all'opera alacremente, imitato da Fiore, il quale, dal canto suo, non conosceva alti e bassi nel lavoro. Gli altri invece erano stanchi e assonnati, specialmente Germano. Il ragazzo non nascondeva il suo cattivo umore. Dopo la parentesi paesana, il lavoro nel bosco gli riusciva particolarmente duro.

«Stavi meglio ieri, eh? a braccetto con la ragazza,» gli disse Amedeo.

«E tu a letto con la moglie,» ribatté pronto il ragazzo.

«Così è la vita,» fece Amedeo. «Devi lavorare, dal momento che non sei nato signore.»

«Ma un lavoro cristiano,» rispose il ragazzo tra un'accettata e l'altra, «mica questo. Questo va bene per Fiore. O per il principale,» aggiunse abbassando la voce, «che almeno alla fine mette insieme qualche biglietto da mille. Mica per noi poveri diavoli.»

«Dovevi nascere principale, allora,» disse Amedeo ironicamente.

«Guardiamo di farcela per stasera,» intervenne Guglielmo.

Lavorando fino al crepuscolo inoltrato, riuscirono a completare il taglio dei pini. Per ultimi vennero abbattuti i tre grossi lecci che costituivano la punta estrema della pendice. Era già buio quando, raccolti gli arnesi, scesero per il viottolo verso il capanno, dove Francesco aveva già provveduto ad approntare la cena.

Quella sera non ci fu veglia. Amedeo propose bensì di fare una partita, ma senza esito. Di parlare nessuno aveva voglia. Alle sette si erano già stesi sui letti, e i più dormivano.

La mattina dopo cominciò il taglio della macchia. Questa si presentava come una cortina continua: Guglielmo assegnò a ciascuno un tratto largo circa trenta passi. Il lavoro ora era più complicato, perché bisognava fare pulito sotto le piante prima di abbatterle. Ma non già che questo lavoro preliminare portasse via metà del tempo, come aveva predetto Fiore. Uno sperimentato taglialegna fa infatti presto con la roncola a liberare il terreno dagli arbusti. L'ostacolo dei rovi l'avrebbero trovato solo più in basso.

Durante la mattinata Guglielmo stette un po' dietro a Germano, che non aveva molta pratica di macchia; poi tornò alla sua striscia, che era l'ultima a destra, limitata cioè da una specie di scanalatura rocciosa, la quale si andava via via allargando fino a costituire una vera e propria parete strapiombante sul Sellate.

Faceva molto caldo, e il cielo era completamente sgombro di nuvole. La macchia era asciutta. Guglielmo doveva ogni tanto interrompere il lavoro per asciugarsi il sudore.

"Fa troppo caldo", pensò; e gli venne fatto di guardare in alto.

Il cielo, perfettamente limpido, non poteva trarre in inganno un uomo esperto come lui. Dietro il sereno un occhio conoscitore scorge le nubi, come dietro le nubi il sereno. Fino ad allora erano stati eccezionalmente fortunati con la stagione, ma la cosa non poteva continuare all'infinito. Se dicembre era stato clemente, gennaio, con ogni probabilità, sarebbe stato tempestoso. Guglielmo presentiva vicina la stagione delle grandi tempeste invernali, quando i boscaioli sono costretti a chiudersi inoperosi nel capanno, ed è manna se schiarisce il tempo necessario per andare ad attinger l'acqua. Egli conosceva bene quelle giornate lunghe, monotone, quando la pioggia batte senza tregua sul tetto incatramato, e nell'interno del capanno gli uomini sbadigliano e guardano l'orologio ogni cinque minuti; mentre più forte si fa la nostalgia della casa. In quelle giornate la presenza di Francesco si rivelava di utilità essenziale, dato l'imperturbabile buon umore e la provvista inesauribile di discorsi, di racconti e di storie del vecchio boscaiolo. Guglielmo si può dire che l'avesse assunto solo per questo.

"Reggesse un'altra settimana", pensò dando un'occhiata indagatrice al tempo.

In lui non parlava tanto l'apprensione del principale che deve corrispondere la paga anche nei giorni di forzata inattività e vede così scemati i guadagni. Egli paventava per se stesso quelle giornate, sapendo per esperienza come solo il lavoro valesse ad allontanare i pensieri che lo tormentavano.

Il bel tempo resse ancora una settimana, secondo i voti di Guglielmo. In quella settimana gli uomini lavorarono con accanimento, quasi presentendo che sarebbero stati costretti presto a una sosta. La domenica pomeriggio Guglielmo e Germano partirono subito dopo mangiato per recarsi all'accampamento dei pistoiesi a riprendere la farina. Scesero giù nel torrente Sellate e ne rimontarono il corso per un bel tratto. La carrareccia attraversava continuamente il letto del torrente in un senso o nell'altro.

«Di qui,» disse Guglielmo, e infilò un viottolo che s'inerpicava per la boscaglia.

Le indicazioni del pistoiese erano sommarie, ma sufficienti a un uomo che aveva pratica di macchia come Guglielmo. La boscaglia infittì, e il viottolo si ridusse ad essere uno stretto corridoio tra due pareti di bosco. Più volte si biforcò, ma Guglielmo era guidato da una frasca recisa di fresco all'imbocco del viottolo giusto. È questo il sistema usato dai boscaioli per ritrovare la strada. I viottoli infatti sono tutti uguali, difficilmente vi sono particolarità che permettano di distinguerli e, quando la macchia è alta, manca ogni punto di riferimento; né è facile mantenere la direzione, perché serpeggiano.

Dopo una buona mezz'ora arrivarono al primo capanno; Germano non si era mai imbattuto nei pistoiesi e fu colpito dalla sua forma insolita. Si affacciarono sulla soglia, ma non c'era nessuno. Proseguirono per il viottolo e, dopo un centinaio di metri, trovarono un'altra radura con due capanni. Stava lì fuori una donna: accovacciata sui talloni, rimestava in un paiolo fumante. Li guardò, e si rimise alla sua occupazione senza dir niente. Indossava un paio di pantaloni e una giacca da uomo; era tozza e piuttosto grassa. Sembrava che avesse i capelli grigi, ma forse erano solo polverosi. In complesso, l'abbigliamento mascolino e i lineamenti rozzi e duri ne facevano una creatura assai poco femminile.

«Dove sono gli uomini?» chiese Guglielmo.

«Avanti,» rispose la donna.

Mentre proseguivano, Germano espresse la sua sorpresa di aver trovato una donna in un accampamento di boscaioli.

«Non lo sapevi?» rispose Guglielmo.

E spiegò al ragazzo che i pistoiesi passano parecchi mesi consecutivi al bosco, così si portano dietro le donne, le quali lavano e fanno da cucina, non solo, ma aiutano anche a tagliare e a cuocere.

«Le donne dei montanari,» concluse Guglielmo, «sono come noi uomini.»

«L'ho visto,» disse Germano. «Portano anche i calzoni.»

«E fumano.»

«Ma dormono tutti insieme, uomini e donne?»

«Si capisce,» rispose Guglielmo.

«Be', non deve essere mica una brutta vita,» disse Germano eccitato all'idea di quella promiscuità.

Trovarono gli uomini in un altro spiazzo, intenti a

costruire un capanno. C'era anche una donna, nella stessa tenuta della prima, anch'essa di età indefinibile. L'armatura del capanno era già stata montata, e ora provvedevano al rivestimento. Avevano formato una catena e si passavano l'un l'altro le zolle, mentre due, arrampicati sulle scale, provvedevano a collocarle sul tetto. La donna era in fila con gli uomini.

«Buona sera,» disse Guglielmo.

L'ultimo uomo della fila era quello stesso che si era recato a prendere la farina. Riconobbe subito Guglielmo e interruppe il lavoro, andando alla loro volta.

«Vedo che costruite un altro capanno,» fece Guglielmo.

«È per una squadra del mio paese, che deve arrivare questa settimana,» rispose l'uomo. «Via, venite a bere,» aggiunse dopo un momento.

Insieme all'uomo, tornarono indietro per il viottolo.

«Portaci da bere,» disse l'uomo alla donna, sempre vacciata davanti al paiolo della polenta.

La donna si affrettò ad obbedire. Entrata nel capanno, ne uscì con un fiasco di vino ammezzato e lo diede all'uomo, che lo tese a Guglielmo.

«Allora, alla salute,» disse Guglielmo, e bevve al fiasco. Lo passò al ragazzo. Per ultimo bevve l'uomo. Si asciugò la bocca col dorso della mano e chiese:

«Avete durato fatica a trovarci?»

«Oh, no,» rispose Guglielmo con un sorriso. «Siamo pratici di queste macchie, ormai.»

«Siete di queste parti?»

«Non proprio di qui. Di San Dalmazio. Pomarance,» aggiunse vedendo che l'uomo non si rendeva conto.

« Oh, sì, Pomarance, » fece l'uomo. « Sono venuto una volta a tagliare da quelle parti. »

Mentre Guglielmo continuava a parlare con l'uomo, Germano seguiva con curiosità i movimenti della donna. Questa aveva raccolto un'ascia e spezzava la legna, per alimentare il fuoco. Il ragazzo le si avvicinò, e si offrì di aiutarla. La donna gli rispose alcune parole in dialetto, che Germano non capì; ma dal tono sgarbato gli parve che non gradisse affatto il suo intervento.

« Sono venuto anche per fissare un carbonaio, » disse Guglielmo.

« Ce ne sono di buoni al mio paese. Per quando vi occorre? »

« Per la seconda quindicina di febbraio. »

« Va bene, state tranquillo, » rispose l'uomo.

« Per la paga... » cominciò Guglielmo.

« Oh, vi troverete d'accordo, » disse l'uomo.

E con queste poche parole l'affare fu concluso.

L'uomo voleva trattenerli a cena, ma Guglielmo si fece dare la farina e insieme al ragazzo prese la via del ritorno. Germano era eccitato per quanto aveva visto, e faceva i suoi commenti.

« Ci sembra a noi di vivere come le bestie, ma quelli sono anche peggio. Avete visto che donne? Giusto dai capelli, si vedeva che erano donne. E poi, che lingua parlano... io non capivo una parola. »

« È povera gente, » disse Guglielmo. « Noi siamo signori, in confronto. »

Un tempo i montanari gli apparivano davvero come povera gente, degna di compassione. Li aveva incontrati un po' dappertutto, nelle macchie di Castelnuovo, Serrazzano, Monterotondo, Montieri, Casole, e sempre gli avevano fatto la stessa impressione, di gente miserabile, abbrutita. Soprattutto, gli faceva impressione che le donne fossero condannate a quella stessa vita di dura fatica che spetta agli uomini. La vista di quei miserabili gli metteva davanti agli occhi, per contrasto, la propria fortuna. La sua mente correva alla casa, dove la moglie e le bimbe conducevano una esistenza tranquilla e non mancavano di niente. Anche questa volta la sua mente era corsa alla casa ma, ahimé! la moglie non c'era più; era morta; era sparita per sempre. Per dura che fosse la vita di quella gente, era pur sempre meno cattiva della sua. No, non c'era da aver compassione di nessuno, nelle sue condizioni.

VII

Nel cuore della notte Guglielmo fu svegliato dall'uragano. Rimase un pezzo in ascolto, senza pensare a nulla. I rumori esterni lo assorbivano completamente. Udiva il rombo del vento aumentare progressivamente, finché la raffica investiva con violenza inaudita il fianco della capanna; e la capanna sembrava piegarsi, e le sue congiunture stirate gemevano. Poi la raffica si allontanava, e si udiva di nuovo il ticchettio accelerato della pioggia sul tetto.

A un certo punto, da un movimento che si produsse accanto a lui, comprese che anche Fiore era desto.

«Senti che acqua, Fiore?» disse sottovoce.

«Non sono mica sordo,» rispose Fiore sgarbatamente.

«Ora che è cominciata, chissà quanto durerà.»

« Infradicerà tutto, » disse Fiore.

« Non si poteva mica pretendere... » cominciò Guglielmo; ma non andò avanti.

Quando si svegliò al mattino, la musica non era cambiata. Anche gli altri erano svegli, e si scambiavano commenti sulla bufera.

« Credevo che ci portasse via, col capanno e tutto. »

« Che tempo da lupi. »

« Che nottataccia. »

« Vedrai che oggi non potremo nemmeno mettere il naso fuori. »

« Almeno un viaggio d'acqua bisognerà farlo. »

Ultimo si svegliò Germano, e stentò a raccapezzarsi. Evidentemente aveva fatto tutto un sonno.

Amedeo si mise a ridere:

« Te davvero non ti sveglierebbero nemmeno le cannonate. »

« Beata gioventù, » disse un altro.

Restavano coricati, non essendovi ragione di alzarsi. La violenza del temporale, che non accennava a diminuire di intensità, li eccitava, li rendeva quasi allegri. Poi Fiore si alzò; accese il fuoco e mise il caffè a scaldare.

Amedeo uscì in una mezza imprecazione, e subito dopo si mise a ridere.

« Che ti succede? » fece Germano.

« Mi è caduta una goccia proprio sulla sigaretta, plaf; e me l'ha spenta. »

« È vero... Ci piove in casa, ragazzi, » disse Germano scostandosi precipitosamente.

Evidentemente il tetto era zuppo, e l'acqua filtrava. Ma anche questo contribuì ad aumentare l'eccitazione e l'allegria.

Si tirarono su per bere il caffè. E la lunga giornata chiusi nel capanno cominciò.

Germano propose subito una partita a carte. Amedeo storse la bocca:

«Come, di mattinata?»

«E che differenza c'è tra mattina e sera?» ribattè Germano. «Ora qui è sempre sera, per noi.»

Ed era vero, dal momento che non potevano aprire la porta.

Accesero la candela, e la partita cominciò. Erano Germano e Francesco contro Fiore e Amedeo. Guglielmo sedette alle spalle di Germano, e si dispose a seguire il gioco.

Germano e Francesco vinsero con largo scarto di punti la prima partita. Imbaldanzito, il ragazzo si disse arcisicuro della vittoria finale.

«Figuriamoci, per sette punti di vantaggio,» disse Amedeo. «Abbiamo tempo di riacchiapparvi.»

«Quest'altra volta saranno quattordici,» fece Germano mescolando le carte.

Invece Fiore e Amedeo vinsero tre partite consecutive, e andarono in vantaggio di nove. Il traguardo era ormai vicino e, a meno di un cappotto, non c'era da sperare che le sorti potessero essere ristabilite. Germano, accasciato, non dava nemmeno risposta alle punzecchiature di Amedeo, mentre Francesco sorrideva imperturbabile.

Accadde che lui e il ragazzo ebbero carte magnifiche: avrebbero potuto far cappotto, senza un errore del ragazzo proprio all'ultima mano. Ne nacque un piccolo putiferio.

«Dovevi tenerti picche e non fiori,» gli spiegava Amedeo.

Ma il ragazzo non voleva ammettere di aver sbagliato e cercava mille giustificazioni; però, quando Guglielmo intervenne in appoggio di Amedeo, tacque. Gli cuoceva amaramente quello sbaglio proprio all'ultima mano, che aveva deciso dell'intera partita.

«Non te la prendere,» disse bonario Francesco, «facciamo la rivincita, piuttosto.»

«La rivincita, la rivincita,» disse Germano rianimato; e prese a mescolare le carte.

Guglielmo non seguiva più il gioco: aveva tirato fuori il taccuino e il lapis e faceva dei conti. Il prezzo del carbone era in aumento; l'affare si dimostrava migliore di quanto non apparisse in principio; si poteva fare assegnamento su novemila lire di guadagno. Ma Guglielmo aveva in vista affari anche migliori. L'anno venturo avrebbe appaltato parecchi tagli in una volta. Lo tentava anche il commercio all'ingrosso del carbone. Ormai possedeva un piccolo capitale ed era in grado di estendere la sua attività.

Eh, ne aveva fatta di strada dal tempo in cui era un semplice taglialegna e riceveva una giornata di novanta centesimi! Ne aveva fatta di strada, ma...

"Perché penso a queste cose? Perché faccio tutti questi conti? Che m'importa guadagnare mille lire più o meno? Ah, vorrei tornare ad essere un semplice taglialegna, ma che lei fosse ancora viva!"

Verso le dieci smise di piovere, e poterono mettere il capo fuori. Grosse gocciole portate dal vento venivano a bagnare i cinque uomini che se ne stavano fuori del capanno a respirare l'aria frizzante e carica di odori acuti.

«Vai a prendere l'acqua,» disse Guglielmo al ragazzo, «ma sbrigati, che tra poco ricomincia. Bisogna rafforzare la copertura del tetto,» aggiunse rivolto agli altri.

Mentre il ragazzo scendeva al torrente per riempire due secchi e una borraccia, Amedeo prese la scaletta e si portò all'altezza del tetto. Qui constatò i danni prodotti dalla bufera. Un foglio di carta incatramata era rimasto schiodato, e i lembi pendevano a brandelli. La carta si era accartocciata e nelle incavature si erano formate delle pozzette di acqua. Amedeo le vuotò, rabberciò alla meglio il foglio, e ve ne stese sopra un altro, inchiodando accuratamente i lembi ai tronchi trasversali.

Germano era tornato da pochi momenti quando, giusta la previsione di Guglielmo, ricominciò a piovere.

«Almeno ci avesse dato tempo di far da mangiare,» commentò Francesco.

Bisognò rassegnarsi a far da mangiare nell'interno del capanno. La cottura della polenta richiese molto tempo e l'aria finì col diventare irrespirabile. Dovettero liberare l'apertura, e in tal modo la pioggia a vento entrò dentro e bagnò in terra e in parte anche i letti. Questo trambusto fece sì che la mattinata passasse abbastanza rapidamente. Finalmente rimisero a posto la porta, buttarono segatura sulla terra bagnata, e desinarono.

Dopo mangiato, Francesco si accomodò meglio sul letto, tirò fuori la pipa, la caricò, l'accese ed emise un sospiro di soddisfazione. Quelle giornate nel capanno non gli dispiacevano affatto; e non già perché gli mancasse la voglia di lavorare. Francesco lavorava adagio, conforme al suo temperamento calmo, ad ogni modo il suo lavoro lo sbrigava. Egli preferiva la veglia al lavoro, perché nelle veglie si sentiva al centro della considerazione e dell'attenzione generali. Il principale era Guglielmo; sul lavoro poteva dare ordini anche Fiore; ma chi era in grado di mandare avanti la veglia se non Francesco? Le veglie erano il centro della sua vita, e niente gli piaceva più che sedere in mezzo a una cerchia di ascoltatori, tenendone viva l'attenzione coi suoi racconti. Per gli altri non era così, prima di tutto perché non avevano le sue doti, e poi perché per loro il centro del mondo era la casa. Un capanno, la fiamma che crepitava, i visi attenti dei boscaioli, tenevano per Francesco il luogo del focolare domestico.

Quel pomeriggio egli tirò fuori una straordinaria quantità d'indovinelli. Germano ci si mise d'impegno, ma non riuscì a risolverne nemmeno uno.

«Be', senti questo, allora,» diceva Francesco. «Ascolta, questo è facile:

Merlo non sei,
tordo neppure,
dunque chi sei?»

Germano ci pensò a lungo, ma senza risultato.

«Il rospo,» disse Francesco.

«Il rospo?»

Francesco fece un cenno di assenso.

«Ma poteva essere... qualunque altra cosa,» protestò Germano. «Come dovevo fare a indovinarlo?»

La mattina dopo il vento era cessato, e per tutto il giorno venne giù un'acquerugiola fine, che metteva l'uggia addosso. Attraverso l'apertura lasciata libera, gli uomini guardavano fuori. Dal velo d'acqua emergeva appena un pino che il taglio aveva rispettato. Si udiva, in basso, il rumore profondo del torrente in piena. Ogni tanto c'era come una schiarita, si tornava a scorgere la pendice di fronte, ma di piovere non smise un minuto. Germano si mise una balla in capo e corse giù al torrente; ma riempì solo i secchi, perché l'acqua era torbida. Così, quel giorno, bevvero vino schietto.

Guardavano fuori della porta, si guardavano l'un l'altro, sbadigliavano, sospiravano. Ma peggio di tutti stava Guglielmo. L'uomo che si annoia, che fatica, che soffre, si consola andando col pensiero ad altri momenti della sua vita: tira fuori dal passato ricordi cari, anticipa le dolci prospettive dell'avvenire. Questa consolazione era negata a Guglielmo. L'avvenire non aveva per lui attrattiva alcuna, ed evitava di pensarci; e quanto al passato... C'erano stati momenti belli nella sua vita, momenti che una volta ricordava con piacere. Forse che non era stato bello il tempo del fidanzamento? Egli tornava dal taglio il sabato sera; la domenica mattina vestiva l'abito della festa, si sbarbava, e vedeva la fidanzata in chiesa, alla Messa. La vedeva da lontano, perché in chiesa le donne stavano avanti, sedute sulle panche, e gli uomini dietro, in piedi. Nel pomeriggio andava a prendere la fidanzata e con lei usciva a far due passi per la strada provinciale. Oltrepassavano la zona del passeggio e si spingevano fino al camposanto e anche oltre. In genere li accompagnava la sorella di Guglielmo, Caterina. Caterina allora era giovane e piena di vivacità. Si sedevano su un argine; le due ragazze parlavano tra loro, Guglielmo interveniva di rado nella conversazione. Una volta aveva voluto dire la sua circa la moda dei capelli corti, che allora cominciava a diffondersi anche a San

Dalmazio, ma la sorella gli aveva dato sulla voce dicendo: «Che vuoi saperne tu! orso selvatico». E la fidanzata si era messa a ridere e poi lo aveva guardato e gli aveva fatto una carezza sui capelli.

Non era stato forse bello il giorno del matrimonio? Erano in ventiquattro al pranzo, loro due a capotavola, lei disinvolta e allegra, lui imbarazzato e felice... Non erano stati belli tutti gli anni della loro vita in comune? E ora avrebbe potuto consolarsi pensando che, malgrado tutto, dieci anni della sua vita era stato felice: ci sono delle persone a cui non tocca un giorno di felicità nella vita! Ma in effetti per Guglielmo quei ricordi non erano più belli, non gli causava più piacere richiamarli alla memoria. Era stata una felicità menzognera la sua, una felicità fondata sull'ignoranza e sull'inganno. Gli anni che sembravano i più belli della sua vita, avevano invece preparato la sua sventura.

«Che ore sono?» domandò Germano.

«Le dieci.»

«Le dieci? Non so davvero come faremo a passare questa giornata.»

«Passa la vita, vuoi che non passi un giorno?» disse Francesco.

Egli s'era messo gli occhiali, aveva tirato fuori l'ago e il filo e si rassettava una camicia, canticchiando sottovoce:

> *Io me ne voglio andare in California*
> *dove si fa la vita spensierata...*

«Veramente vorresti andare in California, Francesco?» fece Germano incuriosito.

«E come no? Da giovane dovevo andare in America; poi mi ammalai, e non potei più partire. Ma anche ora, se mi dicessero: "Andiamo in America", sarei pronto a tentare la fortuna...»

Nel pomeriggio la conversazione si animò intorno a uno dei temi preferiti dai boscaioli: i briganti. Francesco conosceva a menadito la storia di Tiburzi, Stoppa, Fioravanti, Menichetti e altri famosi briganti della zona; inoltre, da giovane, aveva conosciuto il Moriani, di cui parlava con grande ammirazione.

«Fu ammazzato qui,» disse alla fine, «insieme al fratello, mentre il Breccia, che era il terzo della banda, venne preso vivo.»

«Come, qui?» intervenne Amedeo. «Vuoi dire dalla parte di Castelnuovo.»

«No, qui, qui, dove siamo noi a tagliare.»

«Eh, via,» fece Amedeo, «fu ammazzato sopra Castelnuovo. Il mio povero babbo c'è stato a vederlo. Lo tennero esposto due giorni.»

«Lo ammazzarono ai Tre Alberi, questo lo sai almeno?»

«Sì,» rispose Amedeo, «mi pare che il posto preciso si chiamasse così.»

«E i tre alberi erano appunto quei tre lecci che abbiamo abbattuto pochi giorni fa. Tu non ci avrai fatto caso, ma nei tronchi c'erano ancora i segni delle pallottole.»

«Eppure ho sempre saputo...»

Ma Germano lo interruppe:

«Lascialo finire di raccontare.»

«Fu una spiata,» disse Francesco, «altrimenti non lo avrebbero preso nemmeno in cent'anni. Quando si videro circondati (c'erano più di duecento carabinieri) si misero ognuno dietro un albero (erano per l'appunto tre) e cominciarono a sparare. E sai, non c'era un colpo che andasse a vuoto: il Moriani in special modo era un tiratore infallibile. Però, nessuno dei carabinieri rimase ucciso, perché si contentavano di ferirli alle gambe. Ora, quando era passato già parecchio tempo, il Moriani si volse al fratello e gli chiese delle munizioni perché aveva finito le sue. Ma, nel far così, si mostrò, e rimase ferito a una spalla. Allora, nel vederlo ferito, gli altri due si persero d'animo e presero la fuga giù per il bosco. Il fratello venne fulminato da una scarica; il Breccia arrivò fino al Sellate, ma nell'attraversarlo lo videro e lo ferirono a una gamba. Quanto al Moriani, gli dissero parecchie volte di arrendersi, e lui niente: lo finirono a colpi di moschetto, ma non ebbero la soddisfazione di prenderlo vivo.»

Alle nove di sera, Francesco teneva ancora banco coi suoi racconti.

Guglielmo fece tutto un sonno. Quando si svegliò, rimase sorpreso dal silenzio che regnava fuori. Che fosse tornato il bel tempo? Accese un cerino e guardò l'orologio, che teneva appeso a un chiodo sopra il capo. Era ancora troppo presto per alzarsi. Ma, dopo un quarto d'ora, non reggendo più, si alzò. Sebbene cercasse di far piano, il ragazzo si svegliò.

«Che ore sono?» brontolò assonnato.

«È ancora presto,» rispose sottovoce Guglielmo. «Vado a dare un'occhiata fuori.»

Ma la porta non cedeva alla pressione. Guglielmo non si raccapezzava. «Che diamine succede?» Finalmente, facendo appello a tutte le sue energie, riuscì a smuoverla.

«Che diamine è successo?» brontolò ancora, e subito dopo si rese conto della natura dell'ostacolo. Era neve. Albeggiava appena, ma Guglielmo fu in grado di constatare che durante la notte era caduta un'abbondante nevicata. C'era un palmo di neve alto sul suolo.

Diresse a caso i suoi passi su quel morbido e cedevole tappeto. Non sapeva se esserne contento o no, ma la novità finì per eccitarlo piacevolmente. Dimenticando gl'inconvenienti che la nevicata avrebbe finito col provocare, girò intorno al capanno, affondò le mani nella neve, scrollò un ramo di pino; rise quando sentì il gelo per il collo.

Germano intanto non si era più riaddormentato ed era rimasto in ascolto. Nessun rumore veniva dall'esterno. Una esclamazione di Guglielmo gli giunse attutita. Che diamine succedeva? In un batter d'occhio calzò gli stivali e fu fuori. La sua reazione alla nevicata fu addirittura entusiastica. Seguendo le orme impresse sul bianco lenzuolo, corse in direzione di Guglielmo.

Le voci allegre del ragazzo e del principale finirono con lo svegliare anche gli altri. La notizia della nevicata mise tutti in uno stato di febbrile attività. In un lampo venne acceso il fuoco, e fu scaldato il caffè. Il capanno divenne il centro di un'attività festosa e rumorosa.

L'aspetto di Germano colpì Amedeo, che disse:

«Con quel coso in capo, mi sembri... un turco. Non so nemmeno io cosa mi sembri.»

Germano portava un berretto di panno nero, senza visiera. Il volto roseo, il cranio rasato, quello strano copricapo e le spalle bianche di neve lo potevano far sembrare un giovane contadino russo, ma non certo un turco.

Benché il taglio con la neve risultasse più faticoso, fu per tutti un diversivo piacevole. A ogni colpo che davano, l'albero scrollato rispondeva con una pioggerellina. Così si bagnarono ben bene. Specialmente le gocce nel collo, che colavano poi lungo il filo della schiena, erano causa di allegre imprecazioni. Alla fine erano tutti molto stanchi e bagnati, ma di buon umore. Mentre tornavano verso il capanno, Amedeo e Germano ingaggiarono addirittura una battaglia con le palle di neve.

Prima di mangiare, provvidero ad asciugarsi. Fecero una bella fiammata e si spogliarono completamente.

«Ohè, Francesco,» gridò Germano (Francesco era fuori a sorvegliare la cottura della polenta), «vieni a vedere, c'è un orso nel capanno.»

Alludeva a Fiore. Un fitto pelo grigiastro copriva infatti il petto e la schiena del capomacchia. Risero tutti all'uscita di Germano, ma Fiore non si scompose. Accucciato sul letto, volgeva alla fiamma ora il petto, ora il dorso, in modo da asciugarsi perbene.

«Dici di Fiore, ma anche tu non scherzi,» fece Amedeo al ragazzo e si mise a tirargli i peli che aveva anch'egli abbondanti nell'incavo del petto.

«Ahi! Mi fai male,» gridava Germano. «Tieni le mani a posto, non sono mica una donna.»

I loro corpi fumavano e fumavano i panni, tesi ad asciugare sopra la fiamma. Finalmente si rivestirono e mangiarono d'appetito. Dopo mangiato, per evitare un nuovo bagno, anziché riprendere il taglio si diedero a spaccare i tronchi già abbattuti. Ogni tronco lo

spaccavano in pezzi da un metro, e ne facevano poi
cataste di due o tre metri steri. Il metro stero è la misu-
ra usata dai boscaioli. Esso risulta notevolmente inferiore al metro cubo, a causa degli interstizi fra tronco e tronco.

VIII

Nei giorni seguenti piovve ancora, e la neve si tramu-
tò in fango. Specialmente fuori del capanno, dove il
terreno era maggiormente pesticciato, tenersi in equilibrio diventò un problema. Germano, che aveva salu-
tato con tanto entusiasmo la nevicata, fu il primo a
maledirne le conseguenze.

«Guarda qui, peseranno venti chili l'uno,» diceva togliendosi gli stivali. «Maledetto questo tempac-
cio infame.»

Poi ci furono giorni in cui la tramontana soffiava
fredda, gelando il sudore addosso; e furono i più pe-
nosi: ogni pochi colpi lasciavano l'accetta conficcata
nel tronco e si soffiavano sulle mani intirizzite. A Germano vennero i geloni: a momenti gli spuntavano le
lacrime, tanto era il dolore. E doveva inoltre subire gli
scherni di Amedeo, a sentire il quale i geloni vengono
ai ragazzi e alle donne; ma un uomo, un boscaiolo
specialmente, è disonorato se gli capita una simile
infermità.

Peggio capitò a Guglielmo. Una sera non mangiò
quasi nulla e si coricò subito.

«Non fate nemmeno una fumatina?» disse Francesco.

«Non ho voglia di fumare.»

« Uhm. Brutto segno. »

Poco dopo si accostò a Guglielmo e gli mise una mano sulla fronte.

« Voi avete una bella febbre, » disse.

La mattina dopo Guglielmo era in un tale stato di prostrazione che i boscaioli, allarmati, parlarono di andare a Massa a chiamare un medico. Ma Francesco sentenziò che il malato non aveva tosse, e quindi non poteva trattarsi di un'infiammazione polmonare; per il momento non c'era perciò nulla da temere.

Guglielmo dal canto suo non era minimamente spaventato. Egli si sentiva anzi benissimo. Per la prima volta dopo la disgrazia, il pensiero della moglie non gli causava dolore, ma un senso di benessere e di calma. Segretamente sperava di morire. Non gli passava nemmeno per la testa che le sue bambine, le bambine che lei aveva messe al mondo, nutrite e allevate a prezzo di dolori e di sacrifici, sarebbero rimaste senza sostegno.

Del resto, sotto l'azione sconvolgente della febbre, la sua mente non era in grado di fare dei veri e propri ragionamenti. Egli giaceva come in dormiveglia, abbandonandosi contento a quel flusso di pensieri tronchi e di immagini instabili.

Non faceva distinzione tra il giorno e la notte, perché teneva gli occhi chiusi. A un certo momento gli balenò il pensiero che si trattasse della stessa malattia di cui era morta la moglie. Non era cominciata allo stesso modo, con una febbre altissima? Guglielmo sperò con tutta l'anima che fosse così. Anche a lui sarebbe andata via la parola, non avrebbe più risposto ai compagni che gli domandavano come stava. A sua volta avrebbe voluto dir qualcosa, ma si sarebbe sforzato invano... E così avrebbe saputo quello che voleva dirgli la moglie quando lo fissava insistentemente. Era stato per lui il peggiore dei tormenti non poterlo sapere.

In quarantott'ore la febbre scomparve. Guglielmo cominciò a mangiare, e in pochi giorni si rimise completamente.

Febbraio, nel complesso, fu abbastanza clemente. Verso il 15 si presentò il carbonaio. Era un uomo alto, diritto, coi capelli grigi, gli zigomi venati di bluastro, come le mani, per la lunga consuetudine con la polvere di carbone.

La cottura della legna è un'operazione molto delicata, che richiede grande esperienza. Il carbonaio comincia col costruire "l'uovo di legna", alto fino a tre metri, lo riveste in basso di zolle, sopra di uno strato di foglie secche e terriccio. Egli ha avuto cura, accatastando il legname, di lasciar nel mezzo un forno profondo una quarantina di centimetri. Viene dato fuoco di sopra; la carbonaia fuma subito. All'incirca dopo dodici ore, l'uomo comincia a praticare dei buchi, che poi tappa e stappa, a seconda di come spira il vento, al fine di assicurare un tiraggio uniforme.

La cottura dura tre giorni; se è stata fatta a regola d'arte, il carbone acquista la tempera, cioè reagisce all'umido sputando ragia bianca.

Il taglio si avvicinava alla fine. Ora lavoravano sopra il torrente, trovando difficoltà nella forte pendenza del terreno e nei rovi che avviluppavano le piante.

Marzo tenne fede alla sua fama: non c'era giorno che non venisse giù uno scroscio di pioggia o si levasse un vento improvviso. L'incostanza del tempo disturbava le operazioni di caricamento del legname. Il mulattiere della fattoria si incaricava di fare i trasporti di pino fino alla strada provinciale. Di là, per mezzo di un camion, i tronchi venivano trasportati alla miniera di Boccheggiano, dove li utilizzavano per armare le gallerie.

Terminato il trasporto della legna, cominciò quello del carbone. Le balle venivano portate dagli uomini fino alla carrareccia lungo il torrente Sellate. Qui venivano caricate su un carro tirato da tre muli, che provvedeva al trasporto fino alla fattoria.

Il maltempo rafforzò: ci furono tre giorni di pioggia e vento quasi ininterrotti; sembrava di essere tornati d'inverno. La quarta mattina il cielo era perfettamente sgombro, l'aria tiepida, e una leggera brezza portava gli acuti odori del bosco. I dorsi boscosi fumavano, asciugandosi al sole. Guglielmo camminava con gli uomini verso il fondo del torrente. Sentì Amedeo che diceva:

«È arrivata la primavera.»

Fu colpito dalla giustezza dell'osservazione. Quella era veramente la prima mattinata primaverile. Aspirò profondamente l'aria, che pareva carica del profumo dei fiori. Il suo sguardo fu attratto da un'ape che ronzava intorno a un cespo di primule. Ronzando, l'animale sembrava esprimere la propria gioia per l'avvento della primavera.

E anche Guglielmo, per un momento, si sentì l'animo colmo di gioia. Era venuta la primavera, e per lui in particolare significava molto, perché con la primavera si concludeva il periodo più duro del lavoro, ed egli poteva fare frequenti scappate a casa, a godersi un po' la famiglia... Ma subito la coscienza che quest'anno sarebbe stato tutto diverso gli diede una fitta dolorosa. Sì, era cominciato il risveglio della natura, ma per lei non ci sarebbe stato risveglio. Che gioissero l'ape, il fiore, il bosco, gli altri uomini, la natura tutta: a lui, Guglielmo, era vietato prender parte a questa gioia.

Le cure del lavoro distrassero Guglielmo dai suoi tristi pensieri; ma nei giorni successivi, ogni qual volta il suo animo era colpito da qualche aspetto di quel generale risveglio della natura, provava una stretta dolorosa.

Egualmente lo rattristava la vista dei compagni, contenti di esser giunti alla fine del lavoro. Specialmente Amedeo e Germano erano, si vedeva, felici di tornarsene a casa. Una volta li udì scherzare tra loro:

«Credi ancora di trovare libera la tua ragazza?»

«Se non sarà più libera me ne troverò un'altra. Tu piuttosto devi stare in pensiero.»

«Perché?» disse Amedeo ridendo.

«Tua moglie non ti riconoscerà nemmeno, con cotesta barba.»

«Me la farò, non dubitare, prima di tornarmene a casa. Mi farò la barba e mi metterò a nuovo, da sembrare un figurino.»

Era il suo tempo, per Germano, di essere allegro e spensierato. Così pensava Guglielmo. Ma non poteva scacciare da sé un senso di rancore nei confronti di Amedeo. Gli sembrava quasi che gli avesse rubato qualcosa.

Amedeo, Germano, Francesco e Fiore partirono un pomeriggio subito dopo mangiato. Il giorno prima era stata accesa l'ultima carbonaia, e Guglielmo rimaneva a sorvegliarla.

«Passa da Caterina,» disse ad Amedeo, «dille che dopodomani sarò a casa anch'io.»

Salutati i compagni, rimase sulla soglia della capanna. Sentì le loro voci allegre allontanarsi, e distinse su tutte quella di Amedeo. Perbacco! aveva ragione di essere allegro, più di qualunque altro. Cosa c'è di più bello che tornare in famiglia dopo tanti mesi? E Guglielmo seguiva mentalmente il ritorno dell'amico. Eccolo, all'imbocco del paese, salutare i compagni e avviarsi solo per la stradetta deserta illuminata dalla luna. La maggior parte della gente a quell'ora era a letto, ma a casa sua qualcuno vegliava... Ecco, ancora pochi passi, sale le scale ed entra nella cucina illuminata. Abbraccia la moglie, la bacia su tutt'e due le guance, poi lei lo aiuta a sbarazzarsi del sacco. «Mettiti a sedere,» gli dice, «la minestra è pronta in un minuto.» Egli siede davanti alla tavola apparecchiata per lui, si guarda intorno e si frega le mani soddisfatto; e la moglie è in piedi accanto ai fornelli, lo guarda sorridendogli affettuosamente. L'uomo è leggermente imbarazzato, è stato troppi mesi al bosco, così, tanto per far qualcosa, stacca un boccone di pane e si mette a masticarlo...

Guglielmo scese alla carbonaia.

IX

Egli rimase tutta la notte in piedi ad aiutare il carbonaio. Era la fase più delicata della cottura e per contro si era levato un forte vento, sicché bisognava in continuazione tappare e stappare i fori. Il carbonaio veramente non sembrò gradire molto l'aiuto di Guglielmo.

Questi sapeva per lunga esperienza che i carbonai sono gelosissimi del loro mestiere, ombrosi e superbi, e fanno cascar dall'alto anche le operazioni più semplici. Essi vedono di malocchio i profani avvicinarsi alla carbonaia. Ma Guglielmo in tutto il giorno non aveva avuto niente da fare, così non aveva sonno e non gli andava, in quelle condizioni, di rinchiudersi nel capanno coi tristi pensieri che inevitabilmente lo assalivano quando era solo e in ozio. Quel po' di attività che il carbonaio gli permise, gli servì benissimo di distrazione. Via via che il tempo passava, sentiva di aver sempre meno sonno e a un certo momento decise di restare in piedi tutta la notte.

Cominciò invece a sentir fame e verso le due tornò nel capanno a prendere del pane e del formaggio, per sé e per l'uomo. La luna illuminava a giorno la tagliata. I due uomini mangiarono seduti l'uno di fronte all'altro e, dopo, Guglielmo offrì una sigaretta al carbonaio. Ma quello preferì accendere la sua pipa. Fino a quel momento avevano scambiato solo poche diecine di parole, e tutte riguardanti il da fare. Ma ora si iniziò una specie di conversazione, anche perché, il tiraggio essendo assicurato, c'era una stasi nel lavoro. Guglielmo gli chiese quanti anni erano che faceva quel mestiere.

«Quaranta,» rispose l'uomo. «Ho cominciato ad andare con mio padre quando avevo undici anni.»

Quel mestiere se lo trasmettevano di padre in figlio, ma l'unico maschio che aveva avuto si era rifiutato di fare la vita del padre. Dopo il servizio militare aveva preso moglie nel Veneto, ed era rimasto lassù, come bracciante. Quanto alle figliole, una era morta, l'altra, andata e servizio a Modena, si era maritata in quella città.

«Siete rimasto solo con vostra moglie, allora,» disse Guglielmo.

«Sono rimasto solo del tutto. Mia moglie è morta l'anno passato.»

Guglielmo lo guardò. Poi disse:

«Siete nelle mie condizioni, allora. Sono vedovo anch'io, da sette mesi.»

L'uomo si levò la pipa di bocca, la rovesciò, batté il fornello su un sasso per scuotere la cenere, e disse:

«È una brutta cosa rimaner soli, specialmente alla mia età.»

Aggiunse che per lui ormai non c'era differenza tra il periodo in cui lavorava e quello in cui stava a casa. Era solo sul lavoro, era solo in casa. Si faceva da mangiare da sé, tutti e dodici i mesi dell'anno. Anche per Natale e per Pasqua. Era rimasto solo come un cane, a cinquantun anni.

«Ho la casa fuori del paese e, se un giorno mi prende male, nessuno se ne accorgerà. È come se mi capitasse qui nel bosco. E poi sono pieno di dolori, e non ho chi mi faccia il massaggio. Per voi la cosa è diversa,» aggiunse, «siete giovane, potete riprendervi una donna.»

Guglielmo disse che non se la sentiva di dare una matrigna alle sue figliole. Aveva provato lui stesso cosa vuol dire avere una matrigna, e non sarebbe stato di coscienza se avesse fatto subire la stessa sorte alle sue figliole.

L'uomo lo ascoltò tranquillamente, poi chiese:

«Quanti anni avete?»

«Trentotto,» rispose Guglielmo.

«Io non mi spaventerei se avessi trentott'anni. Certo la disgrazia è grande: ma mai come quando uno è vecchio.»

Guglielmo non disse nulla, ma sentiva che l'apprezzamento dell'uomo non era giusto. In fin dei conti, quello era stato venticinque o trent'anni insieme alla moglie, mentre a lui era morta dopo nove. Questa era la differenza, a tutto vantaggio del carbonaio, e lui non poteva prenderne in considerazione altre.

«È dura la vita del carbonaio,» cominciò l'uomo. «Cosa credete voi taglialegna? che sia peggio la vostra? A voi non accade mai di stare in piedi settantadue ore di seguito. Lavorare nei boschi è la sorte peggiore che possa capitare a un uomo, ma fra il taglialegna e il carbonaio c'è differenza. La vostra è ancora una vita da cristiani. È un lavoro faticoso, ma siete in comitiva e la sera vi mettete intorno al fuoco a far due chiacchiere. Guardate le mie mani. Voi le avete screpolate ma pulite: e invece le mie, vedete? il carbone s'insinua sotto la pelle e non va più via. E succedono casi di avvelenamento: a forza di respirare carbone, finisce che l'organismo s'intossica, e in quarantott'ore si parte per l'altro mondo. Questa è la sorte che sta sempre sospesa sul nostro capo. A voi, che cosa può succedere? Se vi sfugge l'accetta, al massimo vi tagliate un piede o una mano.»

«Conosco,» disse Guglielmo, «un mestiere più duro.» E poiché l'altro lo guardava interrogativamente: «Il minatore,» rispose. «Sono stato l'altro giorno nella miniera di Boccheggiano,» disse poi. «Ho visto in che stato escono gli uomini dai pozzi.»

«Ma quanto fanno?» ribatté il carbonaio. «Quanto dura il turno?»

« Otto ore, credo. »

« E che sono otto ore in confronto a settantadue? Loro fanno otto ore di lavoro e sedici di riposo, noi facciamo tre giorni di lavoro e uno di riposo. Questa è la differenza. »

« E tuttavia, sentite, lavorare sottoterra è la cosa peggiore che ci sia. Almeno qui, se ti capita una disgrazia, sei all'aria libera. »

« Non c'è mestiere peggiore del carbonaio, » ribatté testardo l'uomo.

E prese di nuovo a riempirsi la pipa col suo tabacco scurissimo, quasi nero.

Guglielmo si ricordò delle parole che diceva sempre per scherzo Germano ad Amedeo:

« Cotesto non è tabacco, » fece, « è polvere da cannone. »

L'uomo sorrise compiaciuto.

« Non ce n'è molti, » disse poi, « che potrebbero fumare un tabacco simile. Ma, vedete, un tabacco più leggero non mi soddisferebbe. Che volete, siamo abituati a respirare il carbone, le vostre sigarette ci sembrano roba da signorine. »

Si vedeva che, malgrado tutto, l'uomo era orgoglioso della dura vita che conduceva, delle estenuanti veglie intorno alle carbonaie, del pulviscolo di carbone che aveva preso stabile dimora sotto la sua pelle, del suo tabacco forte come polvere da cannone.

Seguì una lunga pausa.

« Si ha tempo di pensare, » disse finalmente il carbonaio. « Non facciamo altro che pensare, noi carbonai. »

Guglielmo assentì, senza però aver capito bene che cosa l'uomo intendesse dire.

« E a che vuoi pensare, se non alla tua casa? In trent'anni non ho fatto altro che pensare a questo. Lavori solo intorno alla carbonaia, e pensi alla casa, alla moglie, ai figlioli... Voi lo sapete, noi scendiamo dalla montagna dopo la raccolta delle castagne e torniamo al principio dell'estate. E in tutti questi mesi, è difficile che trovi da scambiare dieci parole. Dicono che siamo orsi: ma è il mestiere che ci fa diventare così. Eppure prima non mi lamentavo perché, vedete? il ricordo della mia casa e dei miei castagni mi teneva compagnia. Ora, invece, cerco di non pensarci... Non c'è nessuno che mi aspetta lassù. Questa è tutta la differenza tra la mia vita di prima e quella di ora. Cerco di non pensarci,» aggiunse dopo un momento, «eppure non penso ad altro. A che cosa dovrei pensare?»

Guglielmo guardò l'uomo e sentì improvvisamente una grande pietà per lui. Poveraccio! esser rimasto solo al mondo, dover farsi da mangiare da sé, non aver nessuno ad assisterlo in caso di malattia. "Io mi ritengo disgraziato," pensò, "ma c'è chi sta peggio di me. Io almeno ho la sorella, ho le bambine, c'è ancora chi mi vuol bene, chi si prende cura di me."

« Com'è alto! » disse improvvisamente il carbonaio.

Guglielmo si voltò sorpreso, e vide che l'uomo guardava il cielo.

« E quante stelle! » disse ancora il carbonaio. « Sarà venuto in mente a nessuno di contarle? » Si mise a ridere: « Solo a un carbonaio potrebbe venire in mente. Solo noi abbiamo tanta familiarità con la notte. È così, » disse poi, « a fare i carbonai si diventa... » Non finì la frase. Si alzò e si rimise al lavoro.

Guglielmo seguì per un poco le sue mosse, poi si

mise a guardare in alto. Quante stelle! Quanti mondi lontani e sconosciuti! Gli aveva detto una volta Don Mario che le stelle sono milioni di volte più grandi della Terra. Erano anch'esse abitate? C'erano anche lassù il lavoro, la sofferenza, la morte, il dolore?

Le stelle andavano svanendo. L'alba sorse livida. Infreddolito, Guglielmo si alzò, fece due passi intorno alla carbonaia. Salutò appena l'uomo, e se ne tornò al capanno.

Ricomparve all'ora di desinare, con la pentola, le scodelle, il pane e il vino. Ma la luce del giorno non era adatta alle confidenze, e così mangiarono e fecero la loro fumatina in silenzio. Nel pomeriggio Guglielmo aiutò a caricare le balle di carbone. Il mulattiere sarebbe tornato la mattina dopo per l'ultimo carico. Dopodiché, partenza!

La sera era stanco. Subito dopo cena, si avvolse nella coperta militare e attese che il sonno venisse a chiudere la sua giornata. Era la prima notte che dormiva solo nel capanno, e sarebbe stata anche l'ultima. La sera dopo, avrebbe dormito a casa. Sospirò, voltandosi su un fianco.

Fuori il carbonaio vegliò tutta la notte, pensando alle sue montagne.

X

Sotto le energiche frustate del conducente, i muli si mossero. Guglielmo salutò il carbonaio, e diede un'ultima occhiata al taglio. Probabilmente non avrebbe più rivisto l'uomo, né sarebbe più tornato in quel luogo.

Arrivarono alla fattoria all'una dopo mezzogiorno. Guglielmo desinò dal fattore. Il fattore parlava, parlava; questa volta di politica; diceva che la guerra in Spagna era ormai vinta, e che poi l'Italia avrebbe mandato un ultimatum a Londra e Parigi, e Londra e Parigi avrebbero piegato il capo. Così l'Italia sarebbe diventata la signora del mondo.

Guglielmo prestava appena orecchio alle sue parole. Sentiva nascere dentro di sé un sentimento strano, di apprensione, di inquietudine. Aveva paura di tornare a casa: era questo?

«E così,» disse il fattore al momento del congedo, «sarete contento di tornare a casa, immagino.»

Guglielmo brontolò una risposta affermativa. L'apprensione cresceva, cresceva... Col cuore gonfio Guglielmo attese la partenza dell'autobus. Per tutto il viaggio guardò ostinatamente fuori del finestrino, anche quando venne notte e non fu più in grado di distinguere nulla.

Scese alla bottega.

«Oh, Guglielmo, sei tu? Quanto tempo che non ci vediamo,» esclamò la zia andandogli incontro festosamente.

«Buona sera, Lina,» rispose Guglielmo.

La zia lo guardava sorridendo, ma egli aveva il viso contratto.

«Volevo... bere,» disse.

La zia gli versò un bicchiere di vino, e intanto gli domandava se aveva bisogno di cenare.

«No,» rispose Guglielmo, e vuotò il bicchiere.

La zia ora lo osservava attentamente.

«Come va, Guglielmo?» gli chiese.

Guglielmo si appoggiò al muro, buttando indietro la tesa del cappello:

«Dio mio, Lina... Va sempre peggio.»

Gli brillavano gli occhi, e due lacrime sgorgarono e presero a scorrergli per le guance. Rimasero così, per qualche istante, l'uno di fronte all'altra. Poi la zia gli posò una mano sul braccio:

«Vai a casa, Guglielmo,» disse con dolcezza. «Sono cinque mesi che manchi da casa, sarai contento di rivedere le tue bimbe, vero?»

«Sì,» rispose Guglielmo con voce appena percettibile.

Col dorso della mano si asciugò la faccia, poi raccolse il sacco e, senza dir niente, uscì sulla strada.

Aveva messo il sacco a terra, e si era appoggiato al cancello del camposanto.

Non gli era mai accaduto di sentirsi così disperato, nemmeno nei giorni della disgrazia. Per qualche momento farneticò addirittura: pensava di sedersi lì in terra e lasciarsi morire.

«Rosa,» mormorò. «Rosa,» disse ad alta voce. «Rosa, aiutami tu. Rosa, mandami un po' di rassegnazione!»

Un rumore di passi lo fece voltare. Distinse la brace ardente di un sigaro e una figura confusa, che veniva su per la strada.

«Vuoi una mano, Guglielmo?» disse l'uomo passandogli accanto.

«No, grazie,» rispose Guglielmo. «Faccio da me.»

Aspettò che l'uomo si fosse allontanato, rimise il sacco in spalla e riprese il cammino.

Pensava che Rosa avrebbe dovuto aiutarlo. Non era possibile continuare così. Lassù dal cielo doveva dargli la forza di vivere.

E guardò in alto. Ma era tutto buio, non c'era una stella.

ROSA GAGLIARDI

I

Quella mattina Rosa si svegliò un'ora più tardi del solito. Scese dal letto e disse le preghiere intanto che si vestiva, per guadagnar tempo. Poi spalancò la finestra e per qualche istante respirò l'aria profumata della mattina.

"Rosa, è tardi". Come tutte le persone che vivono sole, Rosa aveva l'abitudine di parlare a se stessa. Scesa in cucina, si lavò il viso e le braccia; si aggiustò alla meglio i capelli, e mise il caffè a scaldare.

Era da poco in giardino quando una voce chiamò dall'interno.

«Vengo,» disse Rosa piano. .

In cucina Emilio s'era già alleggerito del carico e si asciugava il sudore col fazzoletto.

Rosa aprì la credenza, ne trasse un fiasco e un bicchiere e versò il vino a Emilio che bevve lentamente.

«Vi devo restituire i vuoti?»

«No. Li riprendo domani. Ora bisogna che arrivi in paese. Mi sono invogliato di un cane...»

«Un altro?» esclamò Rosa. «Non ne avete già tre o quattro?»

«Quattro, infatti.»

Rosa scosse la testa. Emilio sorrise. Era uno di quegli uomini che all'imbrunire amano slegare i cani per le strade del villaggio e aizzarli l'uno contro l'altro; e che non mangiano di gusto se non hanno il cane sotto la tavola.

Uscirono in giardino. Rosa s'indirizzò verso un angolo trascurato, dove aveva steso i panni ad asciugare. Intanto i pulcini le si erano fatti intorno pigolando. Solo uno restava da parte, intirizzito.

«Ha provato a dargli quella roba?» domandò Emilio.

«Sì. Ma non ha servito a nulla.»

Emilio sospirò.

«Quanti capponi ha intenzione di fare?» chiese poi.

«Almeno quattro,» rispose Rosa.

«Vengo io a farglieli capponi,» disse Emilio.

Rosa lo ringraziò.

Tornarono in cucina.

«Ma non le viene mai a noia di vivere sola?» disse Emilio.

«Oh, no,» rispose Rosa. «E poi non sempre sono sola. Domani, per esempio, viene la mia nipotina. Ci resterà un paio di settimane.»

«Da che parte è sua nipote?» domandò Emilio.

«È la bimba di mia sorella,» rispose Rosa. «Abitano a Saline,» aggiunse poi.

«Senti,» fece Emilio interessato.

«Ora scusate, ma ho da fare.»

Anche dopo la partenza di Emilio, Rosa compicciò poco.

Il pomeriggio si mise a lavorare vicino alla finestra. Anche Emilio viveva solo. Non così solo come lei, perché lì era campagna, mentre Iano è un paesino, con la chiesa e qualche bottega. Ma per un uomo star solo è peggio assai che per una donna.

Aveva gli occhi stanchi e interruppe di lavorare. Pensava a tante persone che aveva conosciuto: ora morte o lontane. No, la solitudine non era grave per lei... Ma il pensiero che il giorno dopo sarebbe venuta Anna, le fece piacere.

II

Che Rosa non avesse preso marito, era stata a suo tempo una cosa incomprensibile per i parenti e i conoscenti. Ma poi avevano finito col trovarla naturale. Ora nessuno pensava più a queste cose.

Rosa sollevò gli occhi dal lavoro per guardare Anna. La bimba era cresciuta; era cambiata.

«Vuoi merenda?»

«No, zia, non ho fame.»

«Più tardi però devi farla.»

Anna non rispose. Stava guardando le fotografie disposte a ventaglio nella parete di fondo. Vide la fotografia di un giovane in divisa di bersagliere:

«Questo chi è?»

Rosa diede un'occhiata:

«Era un amico di famiglia che morì in Libia, poverino.»

Quelle non erano le sole fotografie che aveva Rosa. Altre di minor conto erano conservate in una vecchia scatola di biscotti e una fotografia di Anna col vestito della Comunione figurava al posto d'onore: infilata nella vetrina della credenza.

« Anna, merenda. »

Anna si fece un po' pregare, poi acconsentì. Rosa le preparò la merenda e si rimise al suo posto di lavoro.

« Vai un po' fuori finché c'è luce, » disse alla nipote.

Anna uscì e Rosa la vide correre per il viottolo che portava alla casa del contadino.

Pensò che era sempre una bimba. Però, aveva quattordici anni compiuti. Dio, come passava il tempo! Le pareva ieri, la nascita della bimba; e dell'altra, di Angela, morta di nove mesi; e del cognato, che avrebbe voluto chiamare Angela anche la seconda bimba, ma la sorella si era opposta perché, diceva, quel nome portava disgrazia. Giusto lei, Rosa, aveva suggerito: Chiamatela Anna. Come mai le era venuto in mente il nome Anna? Forse per la sua compagna di scuola.

Anna era la più bella delle sue compagne. La più bella o, per lo meno, quella che teneva di più alla propria bellezza. E poi era finita in un paese da capre, maritata a un mezzo contadino e con una quantità di figlioli.

I primi tempi la sorella e il cognato erano veramente inconsolabili. Poi era nata Anna. E di Angela quasi se ne erano dimenticati. Succede sempre così. Ma lei, Rosa, che non aveva le preoccupazioni della famiglia, lei aveva tempo di pensare ad Angela e a tutti gli altri parenti e conoscenti che erano scomparsi. Anche al povero Enrico, sì... Forse la sua vita sarebbe stata tutt'altra, se Enrico fosse tornato dalla guerra. Invece aveva incontrato la morte, come tanti della sua classe, sul campo di Sciara Sciat.

Anna spinse l'uscio della casa dei contadini. La cucina era buia e silenziosa. Diede una voce su per le scale. Non ebbe risposta.

Certo a quell'ora Bice era nei campi. Anna andò a ricercarla. Dapprima si spinse sul campo a schiena d'asino di là dalla strada: ma non c'era nessuno. Allora prese dalla parte opposta. La discesa rapida la invitò a correre. Nel tratto in cui il sentiero s'ingolfava sinuoso tra i rovi e la boscaglia, un ramoscello le batté sulla fronte e un rovo la costrinse ad arrestarsi fulmineamente. Uscita fuori dalla strettoia, saltò giù dal muro. Si rialzò e vide, nel campicello in fondo, Bice che falciava l'erba, con gesti lenti e uguali. Rimase un pezzo a guardarla. Bice, alzando un momento gli occhi dal lavoro, la vide e la salutò.

Allora scese fino da lei.

Un pomeriggio Rosa andò con la bimba a trovare due conoscenti.

«Mi ci hai portato un'altra volta, zia?» domandò Anna.

«Può darsi.»

Passarono davanti a una villetta dipinta di rosa. Da una finestra del secondo piano fece capolino il vecchio Elia, e subito si ritrasse, perché era un maniaco nemico di tutto il genere umano. Dopo un'ultima giravolta, la strada sboccò in un pianoro fittamente coltivato.

Rosa era immersa nei suoi pensieri e le dispiacque di essere arrivata. Due bimbi piccoli giocavano sull'aia. Enrichetta e la sorella erano sedute fuori dell'uscio a lavorare. Il loro quartiere era attaccato a quello dei contadini, ma si riconosceva dalla vite americana che copriva metà della facciata e dalle pentole dei geranii alle finestre. Esse erano solo pigionali. Proprietario del podere era un lontano parente di Rosa.

«Guarda, c'è anche la bimba,» esclamò Enrichetta, e Anna si sentì sull'una e sull'altra guancia l'umido sgradevole del bacio.

«Chiamala bimba! Ormai è una signorina,» fece la sorella baciandola a sua volta.

«No, no, è una bimba,» intervenne Rosa. «È sempre una bimba, per fortuna.»

«Ma passate in casa,» fece Enrichetta.

«No, no, stiamo fuori. Si sta così bene fuori.»

«Prendile una sedia,» disse Enrichetta alla sorella. Rosa ebbe un gesto come per dispiacersi del disturbo che arrecava. Malgrado fossero in confidenza, facevano sempre complimenti.

Anna era rimasta in piedi accanto a loro. Teneva le mani nelle tasche del paltoncino e fingeva di essere molto occupata a spingere un sasso qua e là col piede.

«Ah,» fece improvvisamente Enrichetta, «ma bisogna dare una sedia ad Anna.»

«Anna sta bene anche in piedi,» disse Rosa e, vedendo che la sorella si stava scomodando di nuovo: «Vai pure, Anna. È un'età in cui non può star ferma,» aggiunse rivolta alle amiche.

Dapprima Anna si fermò vicino ai bimbi. Per un pezzo osservò i loro giochi (erano tutti e due seduti in terra); poi si rivolse al più grande: «Come ti chiami?» gli disse.

Il bimbo per tutta risposta le gettò una manciata di terra. Anna si volse dalla parte delle tre donne, ma quelle erano occupate a discorrere tra loro e non avevano visto nulla. Delusa, si allontanò, girando l'angolo della casa.

Il terreno era seminato di pagliuzze. Il carro era riparato in una specie di antro. Da una finestrella venne a più riprese il tintinnio di una cavezza, seguito dai colpi degli zoccoli. Anna ficcò gli occhi nell'ombra calda e distinse la schiena lucida del cavallo. Masticando scuoteva la testa, e fili e rimasugli tritati gli cadevano dagli angoli della bocca.

Un gatto attraversava l'aia.

«Micio,» fece Anna. «Micino.»

Gli si avvicinò cautamente. Quello si accorse tardi delle intenzioni di Anna, ma riuscì ugualmente a sgusciar via, non senza averle lasciato un ricordo sulla mano.

«Cattivo,» gli gridò dietro Anna. «Cattivo. Brutto. Brutto serpente assassino.»

Rise delle proprie parole. L'anno prima s'era annoiata a morte dalla zia. Ma quest'anno era tutta un'altra cosa.

IV

Rosa aveva tirato fuori il lavoro.

«Ma che mi dici,» fece Enrichetta, riprendendo il suo.

Rosa sospirò:

«Una gran disgrazia,» disse. «È così... Quante si ritrovano male: o il marito o i figlioli o la salute. È difficile che in una famiglia non ci sia qualche guaio. Io per me ringrazio il Cielo...»

«Oh, per questo anche noi non ci possiamo lamentare,» disse Enrichetta.

«Quando una resta ragazza, sembra che le sia capitata chissà quale sciagura. Ma se si pensa a tutte le disgrazie, i dispiaceri, le preoccupazioni...»

«Proprio così,» rispose Enrichetta.

«Una donna sola se la cava meglio nella vita,» concluse Rosa.

«Guarda noi,» fece Enrichetta. «Di' te se la sorte poteva esserci più nemica. Alla morte del povero babbo siamo rimaste, si può dire, nude...»

La loro era una storia di stenti e di sacrifici. Nessuno era in grado di saperlo meglio di Rosa.

«Per un uomo è diversa,» disse Rosa. «Un uomo che non si fa una famiglia...

«O questi uomini che rimangono vedovi,» intervenne la sorella. «C'è il Landi: di quei Landi che stanno a San Lazzero: la domenica lo vediamo passare coi bimbi: mi fa una pena...»

«O a noi? Non è successo lo stesso?» disse Enrichetta.

«Ma noi eravamo più grandine quando morì la mamma,» rispose la sorella.

«Io avevo sedici anni. E tu quattordici,» ribatté Enrichetta.

«Insomma,» disse la sorella.

Anna tornò lentamente verso di loro. Ricominciarono le storie per la sedia.

«Alla sua età sta più volentieri in piedi,» disse Rosa.

E le batté sulle gambe, snelle e robuste a un tempo.

Ma le sorelle insistettero e allora Anna sedette sullo scalino.

« Ci sto benissimo, » disse seria.

« Ma sarà umido, » fece Enrichetta.

Il contadino passando lì davanti con un carico sulle spalle si fermò per salutarle.

« Come sta vostra moglie? » domandò Rosa.

« Ha sempre quei dolori, » rispose il contadino.

« Sai, Rosa, dolori per tutto il corpo, » aggiunse Enrichetta.

« Reumi, » disse il contadino.

« Ma si alza? » domandò Rosa.

« Alzare si alza, » rispose Enrichetta, « però può far poco. »

« Qualche lavoretto intorno a casa, » disse il contadino.

« È l'umidità, » spiegò Enrichetta. « Anche la nostra, ma la loro poi è proprio... Son queste case vecchie. »

L'uomo si allontanò curvo sotto il carico e poco persuaso.

« Io ho una grande fiducia in Sant'Antonio, » disse Enrichetta riprendendo il discorso interrotto.

Anna sbadigliò.

« Poverina, si annoia coi nostri discorsi, » fece Enrichetta.

« No, no, » si affrettò a dire la bimba.

« Sarà fame, » disse Rosa. « Ora tra un po' bisognerà andare. »

Le due sorelle protestarono che era ancora troppo presto. Rosa si accomodò sulla seggiola e disse:

« Si sta proprio bene qui. Eh, io lo dico sempre che state in un bel posto. »

« Ci possiamo contentare, » rispose Enrichetta.

Rosa guardò al di là della strada, dove gli olivi e gli

alberi da frutto fittamente piantati formavano come una parete:

«Questo bel verde...»

Anche Enrichetta e la sorella avevano smesso di lavorare. Per qualche minuto rimasero tutte in silenzio.

«Che pace,» disse Rosa alla fine.

V

Una mattina che Emilio secondo il solito si tratteneva a parlare del più e del meno, all'improvviso Rosa gli disse di andarsene perché aveva da fare. Emilio se n'ebbe a male e per quindici giorni non si fece più vedere. Ripensando alle parole dette, Rosa se ne meravigliava lei stessa. Forse era stato per via della bimba, che li stava guardando. Lo sguardo della bimba l'aveva messa in imbarazzo.

Quando Emilio ricomparve, la bimba era già tornata a Saline.

«È molto che non vi si vede,» disse Rosa.

«Già,» rispose Emilio. «Ho avuto da fare... Me ne vado subito,» aggiunse.

«Non bevete?» fece Rosa, e senza attendere la risposta, tirò fuori il fiasco e un bicchiere. «Ve ne siete avuto a male dell'altra volta,» disse mentre l'uomo beveva.

Emilio finse di non capire.

«Ma che uomo siete a prendervela per una parola?» insisté Rosa.

«Sa che cosa?» esclamò Emilio tornato di buon umore. «Cominciano a parlare di noi.»

Questa volta fu Rosa a fingere di non capire.

«Ho già sentito qualcosina,» continuò Emilio.

Rosa disse che non poteva crederci.

«E perché no?» fece Emilio. «Che ci sarebbe di male se io e lei...»

S'interruppe. Malgrado fosse un bell'uomo, non era mai stato molto a suo agio con le donne.

«Fanno tanto per parlare,» disse Rosa.

«È partita la sua nipotina?» domandò Emilio.

«Partì ieri,» rispose Rosa. «L'avete vista?» aggiunse poi. «È quasi una ragazza.»

«Davvero.»

«Il tempo passa,» continuò Rosa. «Mi pare ieri quando era piccina e stava quassù a mesi». E, dopo un mezzo sospiro: «È passato il tempo in cui la gente poteva mormorare sul mio conto. Ormai quello che è stato è stato. Sono vecchia,» aggiunse sorridendo.

«Non lo dica,» fece Emilio, «o toccherà dirlo anche a me.»

«Che c'entrate voi?»

«Non siamo dello stesso millesimo?»

«Ma per voi uomini è diverso,» rispose Rosa. «L'uomo invecchia dieci anni più tardi almeno. Lo vedo con mia sorella e mio cognato: lui ha tre anni di più, eppure sembra sempre un giovanotto, se lo vedeste! E lei, invece... Anche per lei è andata,» aggiunse tristemente.

«Sua sorella non me la ricordo,» disse Emilio. «Ma lei, Rosa, sembra ancora una ragazza. Parola d'onore,» aggiunse vedendo che Rosa scuoteva la testa. «Si conserva benissimo.»

«Ora scusatemi, ma ho ancora da finire le faccende,» disse Rosa.

Emilio si alzò per andarsene.

«State, state pure,» si affrettò a dirgli Rosa.

Salì in camera. Attraverso la finestra spalancata il sole inondava il letto disfatto. Il riquadro della finestra era intensamente pervaso di luce. Quando Rosa andò a sbattere il tappeto, si sentì investire da un'ondata di calore e di profumo. Un mormorio di piacere le uscì dalle labbra. «Che bella giornata!» mormorò. Nel giardino i meli, i peschi, i mandorli erano in fiore e i tralci delle viti erano tornati a coprirsi di foglie.

Si staccò dalla finestra e prese a spolverare. Canterellava, interrompendosi di tanto in tanto, quando le faccende assorbivano tutta la sua attenzione.

Più tardi scese in cucina, dove Emilio stava facendo dei conti su un taccuino spiegazzato. Rosa passò nel piccolo salotto adiacente e aprì la finestra. Emilio si affacciò sull'uscio:

«Qualche giorno,» disse, «deve venire a Iano. Appena riprendo il barroccino... È possibile che lei non sia mai stata a Iano?»

«Eppure è così. Non ho mai avuto occasione di andarci, in tutti questi anni. Sono cose che capitano nella vita.»

VI

Rosa aveva poca simpatia con Saline e l'estate specialmente evitava di andarci, per via del caldo soffocante. Invece quell'anno ci dovette capitare proprio nel colmo della canicola.

I tre quarti del paese sono costituiti dalla fila di case che guarda la ferrovia. Lo stabilimento della Salina è dall'altra parte, come pure la stazione. Sulla collinetta subito a ridosso sorgono alcune casette basse e un paio di costruzioni nuove.

Erano le due del pomeriggio. Nella strada passò con grande rumore un camion e poco dopo lentamente un barroccio, col contadino addormentato.

Le due sorelle si erano sdraiate sul letto matrimoniale, dopo essersi tolte il vestito. Facevano attenzione a non compiere il più piccolo movimento, ma sudavano ugualmente.

«Io non so davvero come tu faccia a resistere intorno ai fornelli,» disse Rosa.

«È questione d'abitudine,» rispose Amelia.

«E Guglielmo?» fece Rosa. «Oh, ma già, lui è sempre in movimento.»

Guglielmo era il marito di Amelia. Faceva servizio sui merci da Saline a Pisa o da Saline a Grosseto. Stava fuori anche trentasei ore di fila. Non aveva orario. Tornava a casa alle ore più impensate, magari alle tre o alle quattro di notte, e Amelia lo sentiva aprire la credenza e scaldarsi il caffè.

«Anche lui fa una vita sacrificata,» disse.

«E dei suoi dolori come sta?» chiese Rosa.

Era arrivata la sera prima e non aveva ancora visto il cognato.

«Come vuoi che stia?» rispose Amelia. «Sono gl'incerti del mestiere. Ti pare una cosa logica che un uomo a trentott'anni debba essere reumatizzato come un vecchio di ottanta?»

Erano tre o quattr'anni che Guglielmo aveva cominciato coi dolori a una spalla e alla schiena. Ora gli si erano acutizzati, tanto che pensava di prendere un congedo.

«Quando Anna avrà preso marito,» disse Amelia,

«io sono dell'idea che Guglielmo deve lasciare le ferrovie. Con la pensione e quel poco che abbiamo qui... E poi potrà fare qualche altra cosetta.»

Rosa le diede ragione.

«A lungo andare,» riprese Amelia, «il lavoro che fa Guglielmo, di notte, con qualunque tempo...»

«Si capisce. È un lavoro che logora. E poi, quando sarete rimasti voi due soli, che bisogno avete...»

Ormai Anna era allevata, e Amelia e Guglielmo non avevano più preoccupazioni finanziarie. Quando la bimba era piccina, allora Amelia stava sempre con la paura che succedesse qualche disgrazia al marito, o che lo mettessero fuori, come furono lì lì per metterlo fuori al tempo del fascismo; benché ci fosse la sorella che avrebbe potuto aiutarli, all'occorrenza.

Guglielmo era di famiglia benestante, e avrebbe potuto anche studiare. Ma, figlio unico, viziato, a diciannove anni, morto improvvisamente il padre, era dovuto entrare in ferrovia. Questo poteva essere anche un'umiliazione per lui, che aveva un cugino ingegnere, ma Guglielmo era di buon carattere e non rimpiangeva che le cose fossero andate a quel modo.

Con Amelia era stato fidanzato poco più di un anno, ma avevano avuto lo stesso il tempo di lasciarsi e di far la pace una dozzina di volte almeno. Anche i primi tempi del loro matrimonio erano stati tumultuosi, perché Amelia gli faceva continue scenate di gelosia e per di più non andava d'accordo con la suocera. Ma poi s'erano calmati e, se Guglielmo non aveva motivo di lamentarsi di Amelia, Amelia dal canto suo doveva riconoscere che un marito migliore di Guglielmo non c'era sulla faccia della terra.

VII

Il caldo non spaventava i ballerini e una sera fecero una festicciola nella casa accanto. Ci andarono Amelia, Rosa e Anna, e anche Guglielmo vi fece la sua comparsa.

Volevano spingerlo a ballare, ma Guglielmo, che si era fermato sulla soglia, faceva resistenza sorridendo. Da giovane era stato un gran ballerino. Lui sembrava ancora un giovanotto, mentre Amelia era ingrassata e sfiorita.

In ultimo cedette e ballò prima con la padrona di casa, e poi con la moglie. Alla fine si sentiva stanco, ma volle ugualmente invitare la cognata. Vane furono le insistenze di Rosa perché la lasciassero in pace. Dovette ballare anche lei, mentre Anna batteva le mani dalla contentezza.

Rientrarono verso la mezzanotte. Guglielmo le aveva precedute perché doveva alzarsi presto. Rosa, che aveva il sonno leggero, lo sentì aprire e richiudere l'uscio di casa.

Era l'alba. La strada appariva deserta e anche la stazione non dava segno di vita. Guglielmo si tirò su il bavero, perché faceva fresco. In stazione trovò solo Diego, l'impiegato, con la sigaretta in bocca, che si stropicciava le mani.

Anche Anna dormì poco quella notte, per l'eccitazione lasciatale dalla festa (c'erano tanto pochi svaghi in quel paese).

La mattina quando si alzarono la giornata si annunciava già caldissima. Il caldo non diede loro requie in tutto il giorno. Solo nell'ora che precede la cena, poterono metter il naso fuori. Rosa e Anna sedettero subito fuori dell'uscio di casa, mentre Amelia era in cucina. Anna scherzava col cane dei vicini. Diego, passando, si staccò dagli amici e venne a scambiar due parole con Anna.

Diego era un giovane piccolo e smilzo. Aveva una ventina d'anni. In qualità di avventizio, guadagnava duecentocinquanta lire al mese. Era stato il primo ad accorgersi che Anna non poteva più considerarsi una bambina e alla festa aveva ballato quasi sempre con lei.

«Ti sei divertita iersera?» le domandò.

«Io sì e tu?»

«Anch'io,» rispose Diego.

Poi disse che durante l'inverno avrebbero ballato spesso e si sarebbero divertiti anche di più.

Ma se così poté essere per Diego, non lo fu per Anna, che andando avanti e indietro col treno prese la pleurite e stette per morire.

VIII

Rosa accompagnò la nipote la prima volta che questa poté uscire. Oltrepassate le ultime case, presero un viottolo in mezzo ai campi.

«Ti senti stanca, Anna?»

«No, zia, andiamo avanti ancora un po'.»

Andarono avanti finché furono fuori della stretta nella quale si trova il paese e davanti a loro si aprì un vasto paesaggio pacatamente illuminato dal sole pomeridiano.

«Ora ci fermiamo,» disse Rosa.

«Qui che c'è un bel sole.»

«No, aspetta, cerchiamo un posto più riparato.»
Finalmente sedettero.

«Che bella giornata,» disse Rosa.

«Davvero.»

Era qualcosa di più che una bella giornata di febbraio: si avvertivano già nell'aria mite percorsa da un venticello leggero i primi segni del cambiamento di stagione.

«Via, mettiamoci a far qualcosa,» disse Rosa a se stessa.

Si accomodò meglio sull'erba e tirò fuori il lavoro. Anna si era portata dietro un libro, ma non lo aprì nemmeno. Giocherellava coi fili d'erba e, soprattutto, non era mai sazia di guardarsi intorno. Sentì rumore di sonagliere, si voltò da quella parte e, quando vide sbucare le pecore, non poté frenare un moto di gioia, come se in quell'istante si fosse prodotto un evento memorabile.

«Sei contenta, eh?» fece la zia.

Anna accennò di sì, ma in cuor suo sentiva che la parola non era adeguata. Non aveva mai provato nulla di simile. In lei non c'era soltanto la contentezza per essere guarita: oh, no. C'era... la felicità. Ecco la parola.

Rientrarono in paese che era già il crepuscolo. Anna aveva in braccio un mazzo di ramoscelli verdi.

La sera si fermò in fondo alla scale per ascoltare una conversazione tra la mamma e la zia.

«Bisogna che stia molto riguardata,» diceva Rosa.

«E quest'anno mandarla al mare,» aggiunse Amelia.

«Quest'anno forse sarà troppo presto,» disse Rosa. «Ma l'anno che viene certamente. Ce l'accompagnerò io, se tu non potessi. Giusto, anche a me farebbe bene un po' di mare... E mi raccomando, Amelia, che non faccia strapazzi. Niente ballare...»

«Non ci mancherebbe altro.»

«Ora piano piano bisogna che si convinca che per molto tempo ancora non potrà fare quello che fanno le altre. Ma è una bimba ragionevole. Lo capirà da sé.»

«Poverina, chissà come le è dispiaciuto di dover lasciare la scuola. Lo faceva tanto volentieri... E poi tutto il giorno in casa si annoierà.»

Dal suo nascondiglio Anna sorrise. Non si sarebbe annoiata davvero. Non le importava né del ballo, né della scuola. Era felice lo stesso.

Finalmente Rosa tornò a casa, dopo quaranta giorni di permanenza a Saline.

IX

La mattina dopo fece la sua comparsa Emilio, avvertito chissà da chi. Rosa si era appena levata.

«È un pezzo che non ci vediamo,» disse Emilio. «Come sta la sua nipotina?»

«Bene, ora,» rispose Rosa. «Ma abbiamo passato dei momenti molto brutti. Ora dobbiamo fare i conti,» aggiunse dopo una pausa. «Dovete scusarmi, Emilio, ma sono partita così all'improvviso.»

«Per carità,» fece Emilio.

Passato il primo momento, si trovava a corto di argomenti.

«Ma anche voi, mi hanno detto, avete avuto un dispiacere,» fece Rosa.

Quando Emilio ebbe capito, si mise a parlare diffusamente di due suoi cani, che si erano ammalati all'improvviso. Il veterinario non ci aveva capito nulla. Uno poi era morto da sé, mentre l'altro... Rosa allora disse che ci si affeziona troppo alle bestie: è meglio perciò non averne.

«Però fanno compagnia,» disse Emilio. «Specialmente per una come lei, che vive sola... Ma io stesso, guardi, mi era venuta la voglia di ammazzare anche gli altri due per non aver più bestie d'intorno. Lo sa che sono stato due notti senza poter dormire?»

Continuò a parlarne per un pezzo. Rosa si era distratta. Stava in piedi appoggiata al tavolo, con le mani in grembo, e guardava fissa davanti a sé:

«È così la vita,» sospirò.

Il pomeriggio venne a trovarla Enrichetta. Parlarono del più e del meno e a un certo punto Enrichetta disse che Emilio era passato diverse volte da lei a chieder notizie... Rosa sorrise. Era il destino di Enrichetta di essere scelta per confidente. Povera Enrichetta!

L'accompagnò per un pezzo di strada, parlando di tutt'altro.

La vita per Rosa ricominciò come prima. Si alzava presto, e tuttavia la mattinata le passava in un lampo; il pomeriggio si metteva in salottino a lavorare.

Non pensava più a Emilio, come le era accaduto per qualche tempo. Non pensava più a quella che probabilmente era l'ultima possibilità di cambiare il corso della sua vita. Sorrideva di se stessa, pensando che aveva potuto prendere in considerazione una cosa del genere.

E poi, che avrebbe pensato di lei la gente. Che avrebbe pensato la sorella, il cognato, Anna...

Rosa riprese a lavorare. Il movimento ritmico del gomito era il ritmo stesso del tempo, che ormai per lei scorreva uguale e tranquillo.

X

Nell'estate del '31 Rosa andò un mese ai bagni, riprendendo una consuetudine interrotta tre anni prima. Più che per sé, ci andò per la bimba, a cui il dottore aveva ordinato il mare. La bimba aveva ormai sedici anni.

La spiaggia non era molto popolata, perché la stagione vera e propria cominciava dopo il quindici. Rosa e la nipote scambiavano appena qualche parola col bagnino che accorreva ad aprire l'ombrellone.

Completamente vestita di nero, con la mazza a portata di mano e un medaglione sul petto, la signora Albertario faceva sentire ogni tanto la sua voce per richiamare i nipotini. Rosa ricordava di averla vista ancora dietro il banco, tre anni prima. Dopo la morte del marito, aveva venduto la drogheria e s'era ritirata in casa della figliola.

Anna non poteva fare i bagni; non aveva nemmeno il costume. Si limitava a togliersi i sandali. Sedeva sulla poltroncina di vimini o sulla rena. La zia faceva qualche lavoretto; Anna, nulla.

Un pomeriggio aveva assistito all'arrivo di una barca da pesca. Tornando verso l'ombrellone, vide la zia che discorreva con una sconosciuta piccola e grassa. La donna si andava asciugando il sudore col fazzoletto. Con lei c'era un giovane vestito. Anna si arrestò. Rosa la scorse:

«Anna! vieni qua. Questa è la bimba di mia sorella,» disse quando si fu avvicinata.

«Davvero? Come passa il tempo! Pensare che l'ho tenuta in braccio quand'era in fasce...»

«Ma accomodiamoci,» disse Rosa. «Voi, ragazzi, mettetevi lì sulla rena.

Anna e Umberto (così si chiamava il ragazzo) sedettero sulla rena poco distante dall'ombrellone. Umberto era piuttosto basso, con la barba già dura, e un grande ciuffo di capelli castani.

«Fa caldo,» disse.

«Questi giorni addietro faceva anche più caldo,» rispose Anna. «Oggi c'è un po' di vento.»

«Siamo appena arrivati e m'è già venuto a noia il mare,» disse il giovane.

«Io ci sto volentieri invece,» rispose Anna, «benché non possa fare i bagni.

«Io li posso fare,» disse il giovane, «ma non mi ci diverto. Forse perché non so nuotare.»

Trasse di tasca un pacchetto di sigarette e ne accese una. Aveva cominciato a fumare all'età di tredici anni: era stato il padre a passargli le prime sigarette. Erano ormai quattr'anni che fumava e un pacchetto al giorno non gli era più sufficiente.

«Io faccio sempre confusione tra Casale, Guardistallo e Montescudaio,» disse Anna quando ebbe saputo che il giovane era di Casale.

«Male;» fece il giovane.

Anna lo guardò interrogativamente.

«Noi di Casale ci teniamo a non esser confusi coi guardistallesi e coi montescudaini,» rispose il giovane.

«Perché?» fece Anna.

«Oh, così,» rispose il giovane. «Non vorrei essere un guardistallese o un montescudaino nemmeno se mi coprissero d'oro.»

In realtà Umberto era nato a Saline, da genitori salinesi. Buttò via la cicca e si stese più comodamente. Anna con la mano spianava un piccolo tratto di rena. Poi si ricordò di un discorso che era rimasto a metà:

«A vederli di qui, qual è Casale...?»

«Quello più in là è Montescudaio,» rispose Umberto indicando dalla parte delle barche da pesca, «nel mezzo c'è Guardistallo e Casale è l'ultimo.

«Me l'ha spiegato tante volte anche zia, ma poi me ne dimentico sempre.»

Passarono due uomini con una corba di pesce, seguiti da uno stuolo di ragazzi. Umberto richiamò l'attenzione della mamma.

«Domani,» rispose la mamma. «Ormai lo prenderemo domani.»

I pescatori avevano notato qualcosa e s'erano fermati.

«Vuole il pesce, signora?» chiese uno dei due.

La donna scosse la testa. I pescatori ripresero a camminare e uno gridò:

«Ma com'è bello! Vivo vivo! Ma com'è speciale!»

Uno dei ragazzi imitò il grido:

«Vivo vivo! Ma com'è speciale!»

Umberto si mise a ridere:

«Vivo vivo! Ma com'è speciale!» disse.

Insensibilmente il pomeriggio declinava e il grigio-azzurro del mare si faceva cupo.

«Dobbiamo andare,» disse la mamma.

«Così presto?» fece Rosa.

La donna rispose che erano appena arrivati e avevano da sistemar tutto.

«Tu, se mai, puoi restare ancora un po',» disse rivolta al figliolo.

«No, vengo anch'io,» rispose il giovane.

Quando se ne furono andati, Anna tornò a sedersi sulla poltroncina. Dopo un'oretta anche loro tornarono verso casa. Passata la chiesa, si aprì la vista della campagna, chiusa, in fondo, dall'altura di Casale, Guardistallo e Montescudaio. Ma Anna faceva nuovamente confusione.

Rosa sorrise:

«Non imparerai mai,» disse. «Quello è Montescudaio.»

Di Montescudaio si vedeva appena il campanile; Guardistallo si profilava all'orizzonte; Casale era come una cascata di case lungo il declivio. Anna tornò indietro con lo sguardo e disse:

«Mi piace, Montescudaio.»

«È un paese da capre,» rispose Rosa. «Tutti e tre sono paesi da capre. Hanno fatto soldi,» aggiunse alludendo agli Onesti, «ma anche dover vivere lassù...»

La sorte dell'amica non le appariva sotto una luce invidiabile. Come non le era mai apparsa invidiabile la sorte di Anna, della sua antica compagna maritata a Montepescali. Una volta in treno, quando era andata a Roma per l'Anno Santo, a una stazione avevano detto: Montepescali! Affacciatasi al finestrino, aveva visto, in alto, il paese.

«Oh, bestia,» disse. «Ho dimenticato di comprare lo zucchero.»

«Torno indietro io, zia.»

«Non importa. Ce lo faremo prestare.»

Gli Onesti si fecero mettere l'ombrellone tra quello della signora Albertario e quello di Rosa. Umberto non cambiò molto la sua tenuta. Venne senza giacca e senza cravatta, e si levava le calze e le scarpe, ma niente di più. Una volta fece il bagno, tenendosi bene attaccato alla fune, ma uscendo disse che aveva patito freddo e che non ne avrebbe fatti altri. Mentre si asciugava al sole, Anna considerava con curiosità lo stacco fra il bianco del busto e delle gambe, e il viso, il collo e gli avambracci abbronzati.

Gli domandò se studiava.

«Ho smesso,» rispose.

Anna prudentemente non gli fece altre domande, ma lui stesso aggiunse:

«Mia madre voleva che continuassi ma io, dopo la licenza tecnica inferiore, non ne ho più voluto sapere.»

«A me invece sarebbe piaciuto continuare,» disse Anna. «E se non fosse stato perché mi sono ammalata... Facevo la terza magistrale inferiore.»

Il giovane tirò su col naso. Gocciolava ancora. Si mise bocconi, ma subito si rialzò, e davanti era tutto sporco di rena.

«Mi sarebbe piaciuto continuare,» ripeté Anna. «Almeno andavo su e giù col treno. Passavo meglio il tempo,» aggiunse poi.

Il giovane accese una sigaretta e s'immerse tutto nel fumo. Poi disse che la famiglia da cui stava a retta gli dava poco da mangiare. Questa era stata la ragione principale per cui era venuto via. Ora lavorava col padre. Il padre prendeva in affitto le terre. Era difficile trattare coi contadini perché, disse, i contadini sono duri come le pine verdi, e rise.

Il pomeriggio andò a prendere un mazzo di carte allo chalet e fece diverse partite con Anna. Anna conosceva soltanto la briscola e la scopa. Umberto si stancò presto di quei giochi e pensò bene di insegnarle la bazzica. Anna cercava di fare del suo meglio, ma a un certo punto Umberto buttò via le carte dicendo:

«Non c'è gusto a giocare con uno che non sa.»

«L'ho imparato appena ora,» disse Anna per scusarsi.

«Non vuol dire averlo imparato ora. È che le donne non hanno il bernoccolo del gioco. Anche con la mamma non c'è nessuna soddisfazione. Giusto la scopa e la briscola,» aggiunse con disprezzo.

Intanto Rosa e la signora Onesti parlavano tra loro.

«È una buona bimba,» diceva quest'ultima. «Si vede subito che è una buona bimba.»

«Sì, è stata educata all'antica,» rispose Rosa. «Senza idee per la testa. È una bimba quieta. Sono sicura che farà una buona riuscita.»

«Mi piacerebbe una ragazza così per il mio Umberto,» disse la signora Onesti. E aggiunse: «Credimi che è una preoccupazione. Si fanno tanti sacrifici per i figlioli e poi... Ne ho visti Dio sa quanti di giovani rovinati per un matrimonio riuscito male». Inghiottì (aveva una specie di tic) e disse ancora: «Perché, per conto mio, quando un matrimonio riesce male, la colpa è sempre della donna.

Rosa le diede senz'altro ragione.

«È tanto un buon ragazzo,» disse la madre. «E ha

già una passione al lavoro... Mi piacerebbe che sposasse una ragazza come Anna.»

«È troppo presto per pensare a queste cose,» disse Rosa sorridendo.

«Oh, il tempo passa tanto rapidamente. Mi sembra ieri che allattavo e quando mi prese la tosse canina e stava per morire.»

«L'esperienza m'insegna che i progetti dei genitori sono inutili,» disse Rosa. «La gioventù, ormai, fa quello che vuole. Non è più come ai nostri tempi. Intendimi bene: non che io sia per i matrimoni combinati. No no, la ruffiana è una parte che non mi è mai piaciuta. Solo che i giovani dovrebbero un po' lasciarsi guidare da chi ha esperienza della vita...»

«È vero, purtroppo,» disse Rosa. «Sono pensieri grossi...»

«A volte la notte mi sveglio... Filippo ci ride, ma io...» Le vennero le lacrime agli occhi. «A volte penso che potrei morire da un momento all'altro.»

«Eh, ora, morire.»

«Perché no, Rosa? Uno di questi malacci improvvisi... Siamo nelle mani della Provvidenza. Ma il pensiero di dover morire e lasciar quel figliolo solo...»

Dovette interrompersi ancora. Tirò fuori il fazzoletto e si asciugò gli occhi scuotendo la testa.

Per un pezzo stettero senza parlare. Anche Umberto e Anna, seduti nel tratto di ghiaia vicino all'acqua, tacevano.

Era l'ora in cui i ragazzi smettono di giocare e restano tranquilli accanto ai grandi; in cui si cominciano a chiudere gli ombrelli e le donne prendono congedo, raccomandandosi di non tardare.

La signora Onesti si riscosse.

«Bisogna che vada,» disse.

«Vengo anch'io,» fece Rosa. «Volevo entrare un momentino in chiesa...»

Chiamarono i ragazzi.

XII

Rosa e Anna non si muovevano mai dall'ombrellone. Solo una volta, per far piacere agli Onesti, andarono a far due passi in pineta. Era un pomeriggio tranquillo. Nell'interno dello chalet solo un tavolo appariva occupato: o meglio, erano due tavoli accostati: ufficiali, signore e signori che giocavano a carte. I bambini del capitano si rincorrevano fra i tavoli. E un'unica coppia ballava al suono di un grammofono.

Un gruppetto di curiosi era fermo davanti alla porta-finestra spalancata. Anche Anna si fermò a guardar ballare. Il cavaliere era un sottotenente; la dama una ragazza alta, slanciata, coi boccoli neri. Anna la invidiava. Non aveva mai ballato in una sala, ma solo, poche volte, in famiglia. Dopo che era stata malata, non aveva più ballato.

«Io non so che gusto ci provi la gente a ballare,» disse Umberto. «Per conto mio, non c'è cosa più stupida del ballo.»

Intanto la mamma e Rosa li avevano raggiunti.

«È un locale elegante,» disse la signora Onesti.

«Sì,» rispose Rosa. «Ci vengono gli ufficiali.»

Arrivarono fino in fondo al viale e per una traversa riuscirono sulla spiaggia dopo l'ultimo bagno. A un centinaio di metri un barroccio caricava la ghiaia. Aveva lasciati due solchi profondi sulla rena.

La piccola comitiva si sedette in semicerchio e Rosa riprese il discorso interrotto:

«La Comunione tutte le mattine, ma confessarsi si confessa una volta la settimana. "Che peccati ha fatto questa settimana?" le domanda il confessore. "I soliti peccati". "E allora faccia la solita penitenza"».

La signora Onesti si mise a ridere.

«Sono esagerazioni,» continuò Rosa. «La povera mamma diceva: alla Messa la domenica e le feste comandate; confessarsi e comunicarsi per Natale e per Pasqua.»

«Oh, anch'io, puoi immaginare,» disse la signora Onesti. «E poi, quando una ha il pensiero della famiglia... Quelle che restano ragazze, invece, è facile che si dedichino tutte alla religione.»

«Non c'entra la religione. Lo fanno tanto per occuparsi di qualcosa.»

Era davvero strano che lei, Rosa, non avesse preso marito. Forse per via di Enrico? Ma cosa c'era stato, in fondo, tra lei ed Enrico? Quando Enrico le aveva parlato, l'ultima sera, non gli aveva risposto né sì né no. E che altro avrebbe potuto rispondere a un giovane che partiva per la guerra, da cui non sarebbe forse più tornato, come difatti non tornò?

Forse perché la sorella minore si era sposata tanto giovane. Vuol dire a volte quando la minore si sposa prima. Lei, Rosa, aveva avuto subito molto da fare, perché Amelia e Guglielmo i primi tempi non andavano d'accordo (erano entrambi così giovani!). Una volta Amelia era arrivata all'improvviso, e le aveva gettato le braccia al collo, e piangendo aveva detto che non voleva più tornare col marito.

Ma furono nubi passeggere, e con la nascita della

bimba e la morte della suocera finì ogni cosa. A quel tempo Rosa stava mesi interi in casa della sorella. E non aveva più pensato a sé. Era come se la famiglia ce l'avesse già.

E poi... c'era qualcosa in lei che intimidiva i giovanotti. Per esempio il Mori, un impiegato della Salina; che pure era un giovanotto allegro e rumoroso: solo dopo che era partito, aveva saputo della sua intenzione di sposarla.

E Stefano. Lo aveva saputo dopo anni, quando Stefano aveva già moglie e figlioli. Stefano era stato il grande amore di Enrichetta. Povera Enrichetta! Madre Natura non l'aveva certo coperta di doni. Erano cresciuti insieme, lei, Enrichetta e Stefano.

La signora Onesti s'era interrotta, e Rosa colse a volo alcune parole di Anna a Umberto.

«Nulla,» aveva risposto Anna. «Le ragazze non devono far nulla. Aspettano il marito.»

XIII

Dalla finestra del salottino si vedeva il mare tutto bianco, e si distingueva il polverio sollevato dalle lunghe folate radenti. Rosa rimase in casa, mentre Anna si avventurò al mare da sola, ma tornò presto.

Il pomeriggio anche Rosa si decise ad andar sul mare. I pochi bagnanti se ne stavano addossati alle cabine. C'era anche la signora Albertario. La furia del vento non alterava l'immobilità della sua figura.

«Quando durerà?» chiese Rosa al bagnino.

«Almeno tutto domani. O tre o cinque o sette,» rispose il bagnino.

«Che cosa?» urlò Rosa che non aveva sentito o non aveva capito.

«Non lo sapete che il libeccio dura dispari?»

«Noi non le sappiamo queste cose.»

«Oh, già,» rispose il bagnino con disprezzo. «E allora perché...» Le ultime parole se le mangiò il vento.

Più tardi fece la sua comparsa sulla spiaggia una comitiva di ufficiali e signorine. Anna riconobbe la ragazza dai boccoli neri che aveva visto ballare allo chalet. Per cinque minuti la spiaggia fu piena delle loro corse e delle loro grida.

La mareggiata durò ancora un giorno, come aveva previsto il bagnino.

Dopo la partenza degli Onesti (che si erano trattenuti al mare soltanto otto giorni) Rosa e Anna non avevano più avuto compagnia. Solo gli ultimi giorni un ragazzo che fungeva da aiuto-bagnino prese l'abitudine di sedersi sotto l'ombrellone nei momenti in cui non aveva nulla da fare. Era un bel ragazzino, ma poco sviluppato.

«Non ti vergogni a fumare alla tua età?» gli aveva detto Rosa vedendolo tirar fuori le sigarette.

«Ho sedici anni,» aveva risposto il ragazzino offeso.

Aveva infatti un mese più di Anna.

Una mattina portò Anna in barca. Era la prima volta che Anna andava in barca. Il ragazzino remava vigorosamente e ben presto si aprì ad Anna la vista della pianura.

«Che sono quelle case?»

«Cecina,» rispose il ragazzino, stupito della domanda.

Anna si stupì della risposta. Quella visuale per lei

era nuova e non ci si raccapezzava. Inoltre in pianura le distanze sono ingannevoli e Cecina, che dista due chilometri dal mare, le sembrava a poche centinaia di metri.

«Ne sei sicuro?» domandò.

«Come?» fece il ragazzino offeso.

Il fumo delle ciminiere accresceva la nebbiosità della mattina.

«A che servono tutte quelle ciminiere?» domandò Anna.

«Sono le ciminiere delle fornaci,» rispose il ragazzino.

E aggiunse che fino a due mesi prima aveva lavorato in una fornace. Faceva anche i turni di notte.

La parola «fornace» aveva un senso vago per Anna, che tuttavia si contentò. Prese a contare le ciminiere, e in quella vide i tre paesini sull'altura. A questo proposito ebbe modo d'infliggere uno scacco al ragazzino, perché lui non sapeva quale fosse Casale, quale Guardistallo e quale Montescudaio. Il ragazzino però disse che a lui non importava niente di quei posti e che era fiero di essere di Marina.

Era molto divertente avere la spiaggia di fronte e abbracciarla tutta con un colpo d'occhio. In particolare Anna guardò il loro bagno, distinse l'ombrellone e a un certo momento notò che la zia faceva dei cenni con la mano.

«Zia fa segno di tornare a riva.»

«Oh, con me è sicura,» rispose il ragazzino.

Tuttavia voltò la barca e poi disse ad Anna se voleva provarsi a remare. Dopo le prime palate, che furono disastrose, Anna voleva smettere, ma il ragazzino insistette, e in ultimo ad Anna riusciva di remare passabilmente. Il ragazzino la guardava soddisfatto, non cessando però di riprenderla e di dar consigli.

Giunti a riva, fu accolto con improperi e bestemmie dal bagnino perché s'era eclissato per tanto tempo. Anna lo lasciò nelle peste, e corse dalla zia.

«Tu non hai mai remato, zia?» domandò alla fine.

«No,» rispose Rosa. «Avevo più o meno la tua età quando mi portavano in barca. Ma remava il bagnino.»

Quei ricordi erano come al di là di una barriera nel tempo. A Rosa pareva quasi che non appartenessero alla sua vita.

«Povero Sergio,» fece Anna. «S'è preso una risciacquata.»

«È un ragazzino servizievole,» disse Rosa. «Darò una mancia anche a lui.»

E gliela diede infatti, prima di partire.

«Tieni,» gli disse, «ma non comprarci le sigarette.»

Sergio ci rimase male. Poi Anna salutandolo gli diede la mano, ed egli arrossì di contentezza.

XIV

A Saline Rosa accettò di restare fino al giorno dopo, ma non più: era un mese che mancava e aveva desiderio di tornare a casa.

«E Guglielmo?» domandò.

«È andato via stamani, ma ha detto che tornava col merci,» rispose Amelia. «Sarà qui per l'ora di cena.»

Rosa salì in camera a lavarsi il viso e poi tornò giù e sedette in cucina. Amelia disse ad Anna di andarle a comprare mezzo chilo di sale e un etto di acciughe; Anna fece la stordita e Amelia allora le domandò se per caso non si era dimenticata di tutto al mare.

«In cooperativa?» chiese Anna.

La madre non le rispose nemmeno e Anna uscì, mentre Rosa continuava i racconti del mare. Raccontò degli Onesti. Disse che la loro vecchia amica non era per nulla cambiata: sempre grassa e florida, come una volta. Aggiunse che avevano fatto dei discorsi su Anna e Umberto: naturalmente erano discorsi senza importanza.

«A lei non ho potuto dirlo, ma non andrebbe bene, per Anna. Sai, un mezzo contadino... Anna è un altro tipo. Per lei ci vorrà uno un po' più in su, un impiegato...»

«C'è tempo per queste cose,» disse Amelia.

«Si fa tanto per parlare,» ribatté Rosa.

Amelia aveva sempre lo stesso carattere geloso. C'era da scommettere che avrebbe fatto chissà quali storie quando fosse venuto il momento per Anna di prender marito.

Anna non era ancora tornata che Guglielmo entrò risoluto in cucina. Evidentemente non pensava più che la cognata e la figliola dovevano essere tornate. Rosa e Amelia si misero a ridere.

«Davvero, chissà dov'ero con la testa,» disse Guglielmo abbracciando la cognata. «E Anna dov'è?»

«L'ho mandata un momento in cooperativa,» rispose la moglie.

«Allora permesso un momento,» disse Guglielmo. «Salgo un momento in camera...»

Scese nello stesso istante in cui rientrava Anna. Ci furono nuovi baci e abbracci. Anna voleva molto bene al babbo, il quale aveva un po' soggezione di lei.

Poi Guglielmo si mise anch'egli a sedere ed era molto soddisfatto, perché non c'era un'altra cosa che gli facesse piacere, come conversare con la cognata. Della cognata non aveva soggezione, ma una stima come probabilmente per nessun'altra persona al mondo. Dopo cena non uscì nemmeno a prendere una boccata d'aria. Ascoltava le donne discorrere tra loro e, quando tacevano, si rivolgeva a Rosa dicendo: «E così... e così...» per riattivare la conversazione.

Ma in ultimo il sonno gli piegò la testa sul tavolo. Allora le donne si decisero a sparecchiare.

XV

Ecco Rosa di nuovo in treno per l'ultima tappa del suo viaggio. Il treno aveva già ingranato la cremagliera e andava poco più che a passo d'uomo. Rosa guardava nel riquadro del finestrino la linea delle case in cima all'altura arrossata dall'ultimo sole. Quando il treno si fosse arrampicato lassù, sarebbe già stato buio. La linea delle case si dirigeva lentamente sulla sinistra del finestrino. Non ne rimaneva che un ultimo tratto: finché, a un nuovo sussulto del vetro, scomparve anche quello. E scomparve insieme quel miscuglio di pensieri dolci e tristi, ma tutti ugualmente vaghi e inesprimibili, che Rosa aveva provato guardando.

Pensò alla nipote. Certamente Anna si sarebbe sposata. Si vedeva subito che non era destinata a rimaner ragazza.

Anna sarebbe stata una buona moglie e una buona madre. Anche lei, Rosa, avrebbe potuto essere una buona moglie e una buona madre. Lei non era esagerata come la sorella, ma quando pensava al giorno del matrimonio di Anna, non poteva fare a meno di sentirsi rimescolare tutta.

Amelia l'aveva già detto: il giorno del matrimonio della sua unica figliola, non sarebbe stata presente né in chiesa, né al banchetto. Sarebbe rimasta chiusa in camera, a riporre la roba della sua bimba. Però... inutile nascondersolo, avrebbe fatto impressione anche a lei vedere la sua Anna partire.

Perché, se si fosse sposata e avesse avuto una figliola, non le avrebbe potuto voler più bene di quanto ne voleva ad Anna. Amelia non voleva più bene ad Anna di quanto gliene voleva lei. La sua amica Onesti non voleva più bene a Umberto di quanto lei ne volesse ad Anna. La mamma di Umberto era solo esagerata, tale e quale Amelia. Che diamine! Non bisogna fissarsi sulle disgrazie. Tutto può succedere, siamo nelle mani di Dio, ma perché pensare sempre che debba succedere il peggio? E poi lei, Rosa, era fatta così. Ne aveva viste di disgrazie nella sua vita! Ma non aveva perduto la fiducia nella Provvidenza Divina. Nemmeno per un istante s'era lasciata andare alla disperazione quando l'anno prima Anna aveva preso la pleurite e per quattro giorni e quattro notti era rimasta fuori di sentimento. Amelia sembrava impazzita, ma lei non aveva perso la testa.

Ripensò al matrimonio della sorella. Al banchetto l'avevano presa in giro perché la minore le era passata avanti. E, fa vergogna a dirlo, lei, Rosa, aveva bevuto un tantino più del necessario. Gli sposi a capotavola (lei diciott'anni e lui ventuno) erano raggianti. Tutti parlavano, ridevano, scherzavano. Ma dopo partiti gli sposi, era accaduto qualcosa in lei... qualcosa di cui nemmeno ora sapeva rendersi conto. Forse la stessa cosa le sarebbe accaduta il giorno del matrimonio di Anna.

XVI

Anna si sposò ai primi del '35: con un impiegato, secondo i desideri di Rosa.

In quel tempo cominciarono le prime partenze per l'Africa. Un giorno, sulla strada di Volterra, Rosa incontrò Emilio, che aveva paura di dover partire.

«Ma come? Alla vostra età?»

«È quello che dico anch'io,» fece Emilio.

Al principio dell'estate Rosa ebbe la notizia che Anna era incinta.

Fu un'estate particolarmente calda. I contadini si lamentavano perché bruciava tutto. Da qualche tempo Emilio aveva ricominciato a venire: arrivava trafelato e si tratteneva anche un'ora o due, perché non gli dava il cuore di rimettersi in strada sotto il solleone.

Temeva sempre di dover partire, e questo giovava a renderlo più loquace. Aveva fatto la guerra in maggioranza presso un Comando d'Armata: ma quando fu del Piave, spedirono in prima linea anche loro. E in una certa occasione aveva creduto proprio che non avrebbe rivisto più il suo paese.

«Sono momenti terribili,» disse alla fine.

Il pomeriggio Rosa andava a riposare. Si toglieva il vestito e si buttava sul letto. Ma non riusciva a dormire. Si alzava spossata.

La stanza più fresca della casa era sempre il salottino. «Ah!» faceva Rosa accomodandosi sulla poltroncina di vimini. Erano le quattro del pomeriggio: aveva tre ore davanti a sé.

Riandava col pensiero al passato. Una folla d'immagini si affacciava alla sua memoria. Rosa isolava quelle più care, con la stessa cura con cui aveva scelto le fotografie disposte sulla parete.

Se qualche volta pensava all'avvenire, era solo per domandarsi: sarà bambino o una bambina? Meglio una femminuccia. Anche Anna era del suo parere; Amelia invece no, preferiva il maschio. Ma tanto era inutile starci a pensare. Avrebbero preso quello che il buon Dio manderebbe.

LE AMICHE

I

Mamma e figliola camminarono per un bel po' a braccetto, ma quando furono a un centinaio di metri dalle Due Strade, Anna corse avanti. Arrivata in cima, si fermò.

«Si vede?» chiese la mamma.

Senza voltarsi, Anna fece segno di no.

Le Due Strade, come dice il nome, è un bivio. Da una parte si va a Vignale, dall'altra a Castelnuovo. Dapprima le due strade divergono appena, poi finiscono per andare in direzioni opposte. Se ne vede un buon tratto, specie della strada di Castelnuovo. Era da quella parte che guardavano le due donne.

«Andiamo ancora avanti?» disse Anna.

«No. Mettiamoci a sedere.»

La mamma si accomodò sull'argine della strada; Anna andò a sedersi cinque passi più avanti.

«Comincio a stare in pensiero,» disse la mamma. «Non gli sarà mica successo qualcosa?»

«Che cosa gli dovrebbe essere successo?»

«Scherzaci. Oh, Anna,» si lamentò dopo un pezzetto, «perché mi hai portata fin qua.»

Il giorno declinava. Alle loro spalle la vallata era già tutta in ombra; l'ombra aveva guadagnato anche il punto dove si trovavano; ma gli oliveti e gli appezzamenti di bosco, tra cui saliva la strada, erano sempre illuminati dal sole. Anna si sentiva emozionata. Stava per arrivare Anita, la cugina, sua coetanea, che non vedeva da almeno un anno. E in quell'anno, così le pareva, quante cose erano cambiate!

Il babbo era partito subito dopo mangiato in barroccino, dicendo che sarebbe stato di ritorno per le cinque, ma le cinque erano passate da un pezzo, e ancora non si vedevano. Anna però non si lasciava prendere dall'impazienza. L'attesa era piacevole. Cercava di tener gli occhi fissi sul punto dove il barroccino sarebbe dovuto apparire, perché dopo il tracciato della strada si nascondeva alla vista per un lungo tratto; ma poi si stancava e lasciava lo sguardo vagare liberamente sulla collina soleggiata.

«Finalmente,» disse la mamma.

Anna fece appena in tempo a scorgere un barroccino che si lasciava dietro una nuvola di polvere.

«Saranno loro?» domandò.

«Questo poi,» disse la mamma, «è un po' difficile dirlo.»

Anna si era alzata in piedi: l'impazienza cominciava a prenderla ora. L'arrivo di Anita non era mai stato in passato un avvenimento eccezionale: quand'erano bimbe anzi non si potevano vedere. Ma per Anna era cominciato un periodo in cui anche il più piccolo avvenimento poteva acquistare improvvisamente una straordinaria importanza. Così qualche giorno prima, quando era arrivata la lettera della zia nella quale diceva che avrebbe mandato Anita per un po' di giorni, si era sentita subito felice, sebbene dall'arrivo della cugina non si ripromettesse nulla di preciso.

Erano effettivamente loro. Lo videro quando il barroccino ricomparve più in basso in un breve rettilineo. Anna agitò anche il braccio in segno di saluto, ma evidentemente non poteva sperare di essere notata.

Cinque minuti dopo, nemmeno, il barroccino era da loro. Anna però s'era immaginata quel momento in un modo tutto diverso. Tanto per cominciare, Anita non scese, forse perché affaticata dalla corsa. Inoltre, probabilmente per la stessa ragione, Anna notò in modo marcato i capelli e le lentiggini sulla pelle troppo bianca, che davano un'impressione sgradevole.

«Dimmi: e il babbo?» domandava la mamma.

«Sta bene,» rispose Anita.

«Ma cammina?»

Anita sembrò meravigliata:

«Sì, sì, va fuori... come prima. È stata una caduta da poco,» aggiunse poi.

«Ah, meno male,» disse la mamma. «Dalla lettera pareva...»

Anche Anna rivolse due o tre domande alla cugina, ma questa, evidentemente stordita, le rispose appena.

«Ora basta,» disse il babbo. «Le chiacchiere le farete a casa. Svelte, su, salite.»

La mamma si accomodò alla meglio tra il babbo e Anita.

«Ora prenditi Anna sulle ginocchia,» le disse il babbo.

«No. Io vengo a piedi,» disse Anna.

Il barroccino ripartì e Anna si trovò sola in mezzo alla strada. Diede un'ultima occhiata dalla parte del sole; ma ormai s'era spento; ne rimaneva solo un barlume, in cima alla collina. Anna si strinse nel golfetto di lana grezza.

II

A casa, trovò che Anita s'era già installata in camera sua. Aveva giusto finito di lavarsi. In sottana, si notava ancora di più la sgradevole bianchezza della pelle.

«Ti sei stancata?» domandò Anna.

«Lo credo bene,» rispose Anita. «Non sono un piacere la corriera e poi tutti quei chilometri in barroccino. Oh... il mio sedere,» fece strofinandoselo.

«Hai bisogno di qualcosa?»

Anita nemmeno rispose. Si rivestì, poi diede una ravviata ai capelli davanti allo specchio del cassettone.

Scesero insieme in cucina.

«Questo è per il tuo stomaco,» disse la mamma ad Anita, posando una tazza di brodo fumante sul tavolo.

«Grazie. Ne ho proprio bisogno,» rispose Anita. «Ah... bene,» fece bevendo a lunghe sorsate.

Il babbo venne su dalle scale, borbottò qualche parola a proposito del cavallo, si lavò le mani nella catinella che era sull'acquaio e sedette al suo posto.

Anita s'era messa accanto alla zia e scambiava qualche parola con lei.

«Apparecchio?» disse Anna.

Senza aspettare risposta, cominciò ad apparecchiare. Era tanto per far qualcosa.

Entrò il nonno:

«Oh, nina,» disse vedendo Anna. «Sei arrivata» e

la baciò su tutt'e due le guance. «Come sta mamma?»

«Sta bene, grazie,» rispose Anita sorridendo.

«E il babbo, con quella caduta, com'è andata?»

«Oh, una cosa da poco,» rispose Anita.

«Meglio così.»

«La mamma mi ha raccomandato di dirti che veniate una quindicina di giorni, come le avete promesso l'ultima volta.»

«Oh, nina, cosa dici,» rispose il vecchio. «Appena posso...»

Ma si vedeva che era di malumore e che aveva la testa ad altro. Disse qualche parola a proposito di una certa faccenda, ma la nuora lo interruppe subito. Anita rise:

«È sempre lo stesso,» fece accennando al vecchio.

«Peggio,» rispose la zia.

Quando si furono messi a tavola il vecchio dimenticò i suoi guai, almeno momentaneamente, e rivolse ad Anita varie domande intorno a persone di Volterra, con le quali un tempo aveva avuto relazioni d'affari. Anita rispondeva un po' a caso, trattandosi di persone anziane delle quali sapeva poco o nulla; e nello stesso tempo sorrideva e strizzava l'occhio alla zia.

«Ma cosa volete che ne sappia lei,» intervenne a un certo punto quest'ultima. «Lei è una ragazzina e voi le andate a parlare di quelli vecchi come voi.

«E così,» fece il babbo, aprendo bocca per la prima volta, «quand'è che prendi marito, Anita?»

«Oh, non ci penso nemmeno,» rispose la nipote. «Tanto l'ho visto anche con mamma: quando una prende marito, i guai vengono uno dopo l'altro, non si ha più un momento di bene.»

«Brava,» disse la mamma. «Se tornassi indietro, non ci penserei nemmeno a sposarmi a diciott'anni.»

«Io ne ho diciannove,» cominciò Anita, «e almeno fino a venticinque...»

«Sono cose che si dicono,» fece il babbo. «Anch'io quando ero giovanotto... c'era lui» e indicò il vecchio «che voleva prendessi moglie in tutti i modi, perché la mamma era morta e la tua mamma e la mamma di A- melia stavano per andarsene; ma io non ci pensavo nemmeno. E la conclusione fu che appena tornato da fare il soldato ho preso moglie. Be',» disse alzandosi, «ora vado a letto perché sono stanco e domattina de- vo alzarmi alle quattro.»

«Vai anche tu, Anita,» disse la mamma. «Sarai stanca, immagino.»

«È ancora troppo presto per me,» rispose Anita.

«Eh, qui siamo abituati a cenare presto,» disse la mamma. «Ma lo sai che d'inverno alle sette siamo già tutti a letto?»

«No!» fece Anita ridendo.

«Tante volte,» rispose la mamma. «Quasi sempre, via. Che vuoi, in questo paese c'è poco altro da fare. Senti: alle tre e mezzo è già buio; a lavorare col lume dopo un po' ti stanchi gli occhi; e così, che vuoi fare? A cena e poi a letto, non ti resta altro.»

III

Anna e Anita dormivano nello stesso letto. Era un let- to a una piazza e mezza.

Anna disse a fatica buonanotte e si cacciò sotto le

lenzuola, rimanendo supina, ferma e dura, quasi senza respirare; e a stento prese sonno.

La mattina si svegliò presto secondo il solito. Ma mentre le altre mattine indugiava volentieri a letto, e ci volevano due o tre chiamate della mamma per farla alzare (per quanto non fosse ancora proprio cominciata la stagione in cui fa piacere restare al calduccio), stavolta appena sveglia scivolò fuori dal letto e, cercando di fare meno rumore possibile, si vestì e si diede una lavata. Anita dormiva ancora profondamente e solo un momento si rigirò mezza su un fianco ed emise una specie di gemito.

In cucina Anna si sbrigò a far colazione e fece i preparativi per uscire.

«Dove vai?» domandò la mamma.

«Alla Ginestra,» rispose Anna.

«Aspetta Anita,» disse la mamma. «Vorrà venire anche lei a salutare...»

«Oh,» la interruppe Anna, «ma sarà stanca.»

Appena uscita, si sentì chiamare:

«Anna! dove vai?»

Anna alzò gli occhi:

«Alla Ginestra,» rispose. «Ma tu, come mai sei alzata così presto?»

Per tutta risposta la bimba fece un po' d'altalena sul davanzale della finestra, sporgendosi e ritraendosi. Era una bella bimba, alta, slanciata; si chiamava Franca.

«Addio,» disse Anna, e riprese a camminare.

Durante tutta la strada (due chilometri quasi sempre in salita) non smise un momento di canterellare, forte o fra sé.

Alla Ginestra abitava un'altra cugina che aveva

press'a poco la sua età: Amelia. Era una brava figliola, ma troppo di campagna perché Anna ci potesse legare.

«Zia,» chiamò Anna di fondo alle scale.

«Oh, Annina: vieni.»

Anna trovò la zia in cucina coi due ragazzi più piccoli intorno.

«E Amelia dov'è?»

«Al lavoro,» rispose la zia. «Sono andati via stamani presto... E dimmi, è arrivata Anita?»

«Sì.»

«Oh, bene. Sarò proprio contenta di vederla. Com'è? Sempre grande e grossa a quel modo?»

«Mi sembra ancora di più,» rispose Anna.

«Che figliolona,» fece la zia. «Chissà da chi avrà preso. E... studia sempre?»

«Ha finito» rispose Anna. «Ha preso il diploma quest'anno.»

«Davvero?» esclamò la zia. «E... che diploma?» domandò ancora.

Si vedeva che era umiliata della propria ignoranza.

«Di maestra,» rispose Anna.

«Oh, che brava,» fece la zia.

La zia teneva Anita in grande considerazione, per il fatto che abitava in città. Anna invece non aveva molta simpatia per la zia, perché era troppo smancerosa.

La seguì nel suo giro dietro la casa, al pollaio e alle gabbie dei conigli. La zia era piena di moine anche con quelle bestiole, per chiamarle e per farle mangiare. Aveva sposato un contadino, ma non si era mai abbassata a far qualcosa nei campi. Si limitava a occuparsi dei polli, dei conigli e delle anatre. Queste ultime vagavano in libertà piene di sussiego e non si curavano delle tenere invocazioni della padrona. Anna rideva di cuore ai gesti di disappunto della zia.

«Ci penso io, zia,» disse, e si fece dare il tegame.

Poi per una mezz'ora fu occupata dietro alle recalcitranti. Bisognava che stesse attenta a dove metteva i piedi perché il terreno era cosparso di pozzanghere. A tratti interrompeva quella specie di caccia per guardarsi intorno. Era una mattinata magnifica. Qua e là il verde cominciava a screziarsi di giallo e di bruno. Più in alto le pendici del monte erano coperte da una boscaglia scura, che avrebbe resistito all'autunno. L'aria era profumata e perfino le esalazioni del letame avevano un effetto eccitante.

Anna iniziò la via del ritorno cantando.

IV

«Sentila questa canterina.»

Anna si voltò di scatto. Era Anita, seduta su un tronco d'albero abbattuto. Nella foga del canto, Anna le era passata davanti senza vederla. Si chetò e arrossì.

«Che fai?» chiese.

«Ero diretta da zia,» rispose Anita. «Ma mi sono fermata a mezza strada.»

«Non ce la fai?»

«Mi fa male una scarpa,» rispose Anita.

Difatti teneva una scarpa in mano.

«E così?» fece Anna.

«E così ci arriverò un'altra volta. Mettiti a sedere.»

«Zia vive proprio fuori del mondo,» cominciò Anna tanto per dir qualcosa. «Non sapeva nemmeno che tu avessi preso il diploma.»

«Tutti qua mi sembra che viviate fuori del mondo,» disse Anita, e rise.

Aveva l'abitudine di ridere dopo aver detto una cosa. Anna ne era sconcertata. Non sapeva se dar retta al tono serio delle parole o alla risata che veniva subito dopo.

«Hai intenzione di metterti a far la maestra?» domandò.

«Oh, no,» rispose la cugina. «Per ora almeno, no. Figurati se andarmi a seppellire in un posto sperduto è un'idea che mi tenta. In seguito,» aggiunse, «se resterò zitella, allora mi rassegnerò a far la maestra in un paesino di quattro case.»

«Ma non potresti continuare a studiare?» domandò Anna.

«Certo. Potrei andare all'Università. Ma non mi va più di studiare. Non è più il tempo» e fece una risata.

«Ma prima studiavi volentieri.»

«Prima,» rispose Anita, e aggiunse: «Ora però non mi andrebbe più di mettermi lì con la storia, la pedagogia, l'italiano... Prima, per carità! Stavo tutto il giorno in casa a studiare.»

«Mi ricordo anche quando venivi qui nelle vacanze...»

«Appunto. Ma ora ho altro per la testa,» aggiunse dopo una pausa. «Ora è tempo di pensare all'amore.»

«Sì?» fece Anna.

«Oh, Anna, sciocca, prendi tutto sul serio,» esclamò Anita, e si mise a ridere. «Andiamo, via,» disse alzandosi. «Ci siamo riposate abbastanza, mi pare.»

Fecero la strada in silenzio, anche perché il viottolo angusto e sassoso le costringeva a camminare una dietro l'altra.

A casa Anita, come già la sera prima, sembrò ignorare Anna. Non faceva altro che parlare con la zia, mentre lo zio taceva e il nonno, secondo il solito, era di malumore.

Quando ebbe finito di rigovernare, la mamma si concesse un po' di riposo. Raccontava alla nipote com'era stato difficile per lei ambientarsi a San Dalmazio. Non che il suo paese di origine, Vada, fosse più grande di San Dalmazio, ma sul mare, in pianura, con la ferrovia, è tutta un'altra cosa: soltanto veder passare i treni era uno svago.

Anna, che si annoiava a quei racconti, salì al piano di sopra, dove abitava Franca, la bimba.

«I primi tempi,» continuò la mamma, «il giorno no, perché avevo troppo da fare, ma la sera, mi veniva da piangere. Ero disperata, proprio disperata. Poi, col tempo, ci ho fatto l'abitudine.»

«Anna invece ci si trova bene. Dico, non le fa specie di dover vivere in un posto così.»

«Cosa vuoi, lei c'è nata. Non ha mica visto altro. Scommetto che le farebbe dispiacere se dovesse andar via.»

«Ah, io non ci potrei vivere,» disse Anita.

«Eppure, se ti capiterà com'è capitato a me, di sposare uno di campagna...»

«Ma io uno di campagna non lo sposerei davvero.»

La conversazione fu interrotta dall'arrivo del nonno. Durante il giorno il nonno usciva e rientrava in casa almeno dieci volte.

«Ma non potete mettervi fermo dieci minuti?» gli

diceva la nuora, a cui dava sui nervi quell'andirivieni.

Più tardi Anna e Anita uscirono a far due passi. Giunte in fondo al paese, s'incamminarono verso le Due Strade.

Anita aveva preso Anna sottobraccio.

«Sai, Anna, che avresti un gran successo in città?»

«Oh, per questo ho un gran successo anche qui,» rispose Anna ridendo.

«Davvero? Racconta, racconta.»

«Intanto c'è un giovane della Ginestra...»

«È un contadino, allora.»

«E che vuol dire?» fece Anna, e tutt'e due risero. «Poi c'è un vedovo...»

«Oh, Anna,» fece la cugina, e scoppiò a ridere. «E poi?» chiese.

«E poi basta.»

Anita la guardò. Prese quindi a canterellare e non smise più per tutta la strada. Arrivate a poca distanza dal bivio, disse che ne aveva abbastanza.

«È la scarpa?» fece Anna.

«No, è una gamba. Tutt'e due le gambe, via,» e rise.

«Vuoi fermarti un po?»

«No. Torniamo indietro. Per oggi ho camminato abbastanza,» aggiunse poi. «Però prima di partire dobbiamo fare una passeggiata fino alla Rocca. È tanto che me ne struggo. Pensa, sono di San Dalmazio e non ho mai visto la Rocca.»

«Come, di San Dalmazio?»

«Sono nata qui, no? Mi ricordo una volta, quanto avrò avuto? sei o sette anni, che faceste una gita... c'erano anche babbo e mamma; e io la mattina avevo la febbre e non potei venire. Me lo ricordo ancora. Credo che sia stato il più grande dolore della mia vita» e rise. «Quanto ci vuole per arrivare alla Rocca?»

«Eh... almeno un'ora,» rispose Anna. «È tutta salita,» aggiunse a mo' di spiegazione.

«Allora calcoliamo due.»

A un certo momento sentirono chiamare:

«Anna!»

«Vieni qua. Di dove sei sbucata?» fece Anna.

Era quella ragazzetta del piano di sopra.

«Da quella casa,» rispose la bimba. «Ero alla finestra e ti ho visto quando sei passata con la signorina.»

«Questa,» disse Anna presentando la bimba ad Anita, «è la mia migliore amica.»

Franca, la bimba, prima abitava in campagna. Si era trasferita in paese solo l'anno prima e subito avevano fatto amicizia.

«Franca! Non ti vergogni a dare del tu alla signorina?» era intervenuta la mamma della bimba la prima volta che l'aveva sentita.

«Oh, la lasci stare,» aveva detto Anna. «Siamo amiche, è giusto che ci diamo del tu.»

In paese Anita lasciò Anna per andare da una famiglia. Anna se ne tornò a casa. In cucina, l'una di fronte all'altra, mamma e figliola lavorarono finché non venne l'ora di pensare alla cena.

Le due ragazze andarono presto a letto. Anna si era appena sfilata il vestito, quando si sentì arrivare una cuscinata tra capo e collo. Si voltò sorpresa e vide Anita che rideva.

Fu l'inizio di una battaglia. I colpi si sentivano dalla cucina.

«Ehi!» gridò la mamma. «Smettetela di far le matte. Anna, se ti sente babbo, vedrai.»

Poi le sentì ridere a lungo. "Ma cos'hanno stasera queste figliole?" pensava. Lei era sempre l'ultima ad andare a letto. Il marito e il suocero si coricavano subito dopo cena. Anna l'aiutava a rigovernare e poi stava alzata poco più. Rimasta sola, la mamma ultimava qualche lavoretto o semplicemente si riposava. Con le mani in grembo seduta in un angolo della cucina, ripensava a tante cose. A volte anche ai luoghi dov'era nata, ma ormai senza più nessun senso di rimpianto o di rammarico.

V

L'ultimo giorno fecero la famosa gita. Le due ragazze andarono via la mattina, portandosi dietro Franca, la bimba, e desinarono alla Ginestra dalla zia.

Nei giorni precedenti era piovuto quasi in continuazione. Ora era un bel sereno, ma nell'aria raffrescata si avvertiva la vicinanza dell'inverno. Proprio questo spingeva a godersi fino in fondo la bella giornata di fine ottobre.

Anna e Anita volevano che anche la cugina andasse con loro, ma quella non volle assolutamente, malgrado che anche la mamma la spronasse ad andare. Si vergognava: di Anita, e perfino della bimba.

Tutto procedé bene finché andarono attraverso i campi, ma quando il viottolo cominciò a salire tra i castagni, Anita, che era in coda, si lamentò:

«Bimbe, per carità, adagio.»

«Sei già stanca?» fece Anna voltandosi ad aspettarla.

«Non sono le gambe,» rispose Anita. «È lo sto-

maco. Con tutto il mangiare che mi balla in corpo...»
e rise.

«Cos'è che ti balla in corpo?» domandò la bimba.

Quindici giorni erano bastati perché desse del tu anche ad Anita.

«La coscia della gallina,» rispose Anita. «La coscia della gallina con le carote.» La bimba si mise a ridere.

«Dio mio, gente, mettiamoci un momento a sedere,» disse Anita. «Non ce la faccio più.»

«Si sta bene!» esclamò Anna. «Se non ce la fai già più adesso, non ci arriviamo nemmeno domani.»

Ripresero a camminare, ma Anita non durò molto.

«Basta,» disse a un certo punto. «Scoppio». E si buttò a sedere. «Ahi!» gridò. Si era bucata.

«Franca! fermati,» gridò Anna alla bimba che andava avanti per conto suo.

«Beata lei che è giovane,» disse Anita, e rise.

«Perché? Tu ti senti vecchia?» domandò Anna.

Era rimasta in piedi davanti alla cugina e frustava l'aria con una mazzetta che aveva raccolta lungo la strada.

«Decrepita,» rispose Anita, e rise.

«Non lo dire,» fece Anna. «Sennò toccherà dirlo anche a me.»

«Per te è diverso,» rispose Anita. «Tu hai ancora da cominciare a vivere,» aggiunse poi.

Anna avrebbe voluto domandarle una cosa, ma si trattenne.

Si sentì la voce della bimba:

«Quando andiamo?»

«Suvvia, alziamoci,» disse Anita, e muovendosi si bucò di nuovo.

Ben presto furono fuori dei castagni. Il viottolo s'infilò nel bosco. Con gran sollievo di Anita, ci fu un tratto pianeggiante, in capo al quale trovarono la bimba sdraiata in mezzo al viottolo. Appena le vide, fu però pronta ad alzarsi in piedi: «Oh, non venivate più» e fece per rimettersi in cammino.

«Tu vieni qua,» disse Anna. «Mettiti nel mezzo. Ora siamo nel bosco e non voglio che ti sperda.»

«Ma se ci sono venuta centomila volte...»

«Intanto fai come ti dico io, centomila.»

Il bosco finì improvvisamente e si trovarono a camminare su un declivio sassoso, sparso di olivi nani. Davanti avevano la collinetta in cima a cui sorge la Rocca. Ma, prima che a quest'ultima, Anita aveva rivolto la sua attenzione all'ampia vista che si era improvvisamente aperta alla loro destra.

«Oh, com'è bello!» esclamò.

«Questo è niente,» disse Anna. «Vedrai dalla Rocca.»

«Si vede anche Volterra?»

«Volterra è impossibile. Rimane dalla parte di là. C'è di mezzo il monte.»

«Peccato,» disse Anita.

«Se arrivi in cima al monte, allora vedi anche Volterra.»

«Tu ci sei mai stata?» domandò la bimba.

«Una volta sola,» rispose Anna.

«Quando?» domandò ancora la bimba.

«Quante cose vuoi sapere,» fece Anna. «Mi ci portò il babbo un volta, saranno... quattro anni fa. Si vedono la Corsica, l'Elba...»

«Oh, andiamoci,» disse la bimba.

«Sei matta?» esclamò Anna. «Di qui ci vorranno

due ore a dir poco. E poi è tutto bosco, non ci riusci-
rebbe mica di trovare la strada.»

«Ce la faremo insegnare.»

«Da chi? Da Gesù?»

«Una volta però bisogna andarci, noi due sole,» insisté la bimba.

«Sole di certo no,» rispose Anna. «Ma lo sai che
lassù ci sono anche i lupi?»

«I lupi?» fece eco Anita.

«Davvero. L'inverno scorso ne ammazzarono uno
anche qui.»

«Oh, mamma mia,» fece Anita.

«Quanta paura,» disse la bimba sprezzante.

«Vorrei veder te,» le disse Anna, «se capitasse davvero, un lupo.»

«Non mi muoverei nemmeno.»

«Ma te la faresti sotto,» replicò Anna.

Di lì fecero tutta una tirata fino alla Rocca. Era il
tratto più duro e quando furono in cima Anita sudava
abbondantemente. Come sempre quando era scom-
posta, si notavano maggiormente le lentiggini, il rosso
dei capelli e la pelle bianchissima, e come sempre An-
ne ne fu urtata.

VI

«Tutta qui la Rocca?» fece Anita quando ebbe ri-
preso fiato.

«E come credevi che fosse?» rispose Anna.

Quella che chiamano Rocca non è che un rudere
avviluppato fittamente dal bosco. Qua e là erano dis-

seminate delle cartacce, che indicavano come il luogo fosse la meta di merende e passeggiate.

«Non c'è niente di speciale,» disse ancora Anna. «Ci vengono così, tanto per l'idea.»

La bimba tornò dall'aver fatto un giro intorno.

«Oh, Anna,» esclamò, «questo sì che è un bel posto per fare a nasconderella.»

«Prima bisogna che mi nasconda un momento io,» disse Anita.

Si allontanò di qualche passo ed entrò nella macchia.

«Che è andata a fare?» domandò la bimba ad Anna.

«Cosa va a fare una che si nasconde alla vista degli altri?» rispose Anna.

«Ho capito,» disse la bimba. «Ne ho bisogno anch'io» e andò anche lei a nascondersi.

Rimasta sola, Anna si sedette, col sole alle spalle. Davanti ai suoi occhi si stendeva un vasto panorama. Si stava così bene lassù, lasciando che lo sguardo vagasse a caso sui boschi e le campagne soleggiate.

Franca, la bimba, la raggiunse subito. Anita invece si fece attendere.

«Oh,» disse sedendosi, «finalmente. Ora lasciatemi riposare un po' da tutti questi sforzi» e rise.

La bimba dopo un minuto propose nuovamente di giocare a nasconderella.

«Io non mi muovo,» disse Anita.

«Facciamo io e te, Anna,» disse la bimba.

Ma Anna per il momento ne aveva anche meno voglia della cugina.

«Siamo troppo accaldate,» disse.

La bimba si quetò, e per cinque minuti ciascuna pensò ai fatti suoi.

«L'anno scorso quanto ci stetti?» fece Anita.

Anna si riscosse:

«Dove?» disse.

«Qui da voi,» rispose Anita.

«Poco,» disse Anna. «Quante cose sono cambiate!» esclamò poi.

Ma non avrebbe saputo dir quali.

Tuttavia Anita sembrò che avesse capito perfettamente:

«È vero,» disse, ed ebbe un sospiro. «Per te come sono cambiate, in meglio o in peggio?»

«In meglio,» rispose Anna.

Anche qui non avrebbe saputo dir perché, ma per lei era un fatto ormai assodato che le cose non potevano cambiare che in meglio. Poco prima, guardando l'ampia distesa d'aria, s'era sentita trafiggere dalla felicità. Poi la sgradevole assenza di Anita (sgradevole era ciò che tale assenza sottintendeva) l'aveva disturbata. Ora sentiva di nuovo come tante trafitture, più leggere, ma continue, che non sarebbero smesse mai.

«A volte penso che sono stata stupida,» disse Anita. «Tutti quegli anni persi a studiare... A che scopo?» Si passò una mano sui capelli (era ancora sudaticcia). «Ma lo sai che a volte stavo settimane intere rinchiusa in casa?»

«Io invece ci sto poco in casa,» disse Anna. «Anche a scuola, avevo poca voglia.»

«Si è giovani una volta sola,» fece Anita. «Bisogna godersela la vita, no?» e rise. Poi, dopo una pausa: «Ma tu non mi hai ancora voluto dire...»

«Che cosa?» fece Anna, ma aveva già capito.

Anita le disse qualche parola all'orecchio, per non farsi sentire dalla bimba.

A sua volta Anna rispose qualcosa usando la stessa precauzione, e tutt'e due risero.

«Io lo so cosa state dicendo,» fece improvvisamente la bimba.

«Davvero,» disse Anna ironicamente. «Sentiamo: cosa?»

«Lo so, ma non ve lo dico.»

«Non ce lo dici perché non lo sai.»

«E invece lo so,» fece la bimba alzandosi. «Lo so e stasera lo dico alla tua mamma» e corse via.

«Sciocca,» le gridò dietro Anna.

«E te, mi raccomando,» continuò Anita, «non far la sciocchezza di sposare appena ti capita. Poi cominciano subito i figlioli e bisogna dare un addio a tutto. Ora andiamo a giocare a nasconderella,» aggiunse, e si·mise a ridere.

La prima volta toccò ad Anna di cercare le altre due; poi, quattro o cinque volte di seguito, a Franca. La bimba non riusciva mai a trovarle tutt'e due, lasciava incustodita la tana e si faceva sorprendere. Specialmente Anna ci s'era messa con tutto l'impegno per farla rimanere male. La canzonava:

«Franchina. Poverina.»

Da ultimo però si dimenticò del gioco. Nascosta in un piccola radura, riprendeva fiato dalle corse di poco prima. L'aria era raffrescata, ma la luce del sole era diventata più calda sui dorsi boscosi e sui tratti di campagna coltivata. Anna assaporò il silenzio che regnava intorno. Com'era bello! Come si stava bene! Non era possibile esser più felice di così. E quella felicità, così le pareva, sarebbe durata sempre, qua-

lunque cosa fosse accaduta. Avrebbe preso marito, a-
vrebbe avuto dei figlioli, ma sarebbe stata ugualmente
felice. Perché Anita aveva detto che sposando sarebbe finito tutto? Che sciocchezza! Come poteva finire
una cosa che era dentro di lei?

Gettò via l'arboscello che aveva divelto e che stava
scerpando. Non aveva bisogno di nulla, nemmeno di
muoversi, nemmeno di guardare. Chiuse gli occhi.
Era immensamente felice.

«Anna! Dove sei?»

Erano la cugina e la bimba, che la stavano cercando da cinque minuti.

La felicità che era in lei non diminuì durante il ritorno. Anita era eccitata, si divertì a mandare in collera
la bimba e poi a spaventare un pastorello che incon-
trarono all'inizio del bosco. Il ragazzo non rispose ai
richiami e si nascose alla loro vista. Nel bosco si fermarono a mangiare le corbezzole e a mettere insieme
un mazzo di felci e di ciclamini. Così finirono col far
tardi. Quando raggiunsero la Ginestra, era già buio.
Avevano tutte e tre i capelli infiorati e furono accolte
con grandi esclamazioni. Anita abbracciò e baciò la
zia e la cugina, perché l'indomani doveva partire. Ad
Anna non importava nulla che Anita partisse.

VII

Il bel tempo resistette, ma la temperatura calò sen-
sibilmente. Un pomeriggio Anna risaliva la strada,
tenendo per mano la bimba. Di lato alla strada un uomo si raddrizzò, appoggiandosi con tutt'e due le mani
alla vanga:

« Anna! che fai? Come sta la mamma? »

« Oggi sta bene, » rispose Anna. « Ma l'altra sera ci siamo spaventati. Era rimasta senza sentimento. »

« Già, » fece l'uomo. « Succede. Ma il dottore che ha detto? »

« Il dottore, senta, è venuto solo stamattina. Ha detto anche lui che dev'essere stata un po' di debolezza. »

Alle spalle dell'uomo comparve una donna piccola e grassa.

« E quella signorina? » domandò l'uomo.

« È ripartita, » rispose Anna.

« Senti, » disse l'uomo. « Quando è partita? »

« Domenica, » rispose Anna.

« Chi? » fece la donna. « Quella... »

« Non hai sentito? » disse l'uomo alla moglie. « Le è partita la compagnia. »

« Oh, ma c'è lei che mi fa compagnia, » disse Anna, e guardò la bimba sorridendo.

« Perbacco, » disse l'uomo, « non ci manca mica tanto perché diventi anche lei una signorina. »

« Adagio, » fece Anna. « Ha ancora da mangiare parecchia pappa, prima. »

« Non mi piace la pappa, » disse la bimba.

« E allora rimarrai piccina. Vero che rimarrà piccina? »

« Oh, sì, » rispose l'uomo. « Se vuoi diventar grande come me, devi mangiare pappa mattina e sera. »

« Non gli dar retta, » intervenne la donna. « La pappa la mangiano i vecchi, che non hanno più denti. »

« Gli spaghetti sì, » disse la bimba, « quelli mi piacciono, eccome! »

« Vedeste quanti ne mangia, » fece Anna. « Una cosa spropositata. Non so come fanno a entrargli in corpo.»

«Vedrai che per crescere gli spaghetti ti fanno meglio della pappa,» disse la donna.

Poi la bimba cominciò a impazientirsi:

«Anna, andiamo? Sennò si fa tardi.»

«Dove devi andare?» chiese l'uomo alla bimba.

«Fin quasi alle Due Strade,» rispose per lei Anna.

«E che c'è di bello alle Due Strade?» insisté l'uomo.

«Tante cose,» rispose Anna fingendo di parlare sul serio. «I pomodori, i cetrioli, l'insalatina...»

La bimba pestava i piedi impermalita:

«Smettila, smettila!» gridò.

Anna si mise a ridere:

«Ha paura che la prenda in giro,» disse. «Andiamo, via. Buonasera,» fece salutando l'uomo e la donna.

«Buonasera.»

«Addio, Franchina.»

«Saluta, Franca.»

«Buonasera,» disse la bimba. «Perché hai detto così?» fece tirando Anna per il braccio.

Anna continuava a camminare come se non avesse inteso.

«Perché, di'? Perché?» insisteva la bimba.

«Cosa ho detto? Non me ne ricordo,» fece Anna.

«Dell'insalatina.»

«Oh, ma loro non lo sanno mica,» disse Anna.

«Lo sai che non voglio. Non voglio e non voglio.»

Anna si divertiva spesso a stuzzicarla. La bimba andava facilmente in collera, scoppiava in pianto e si buttava contro Anna tentando di picchiarla e perfino di morderla. Era una vera furia. Anna in quei casi non ne poteva più dal ridere.

La mamma la rimproverava:

«Oh, Anna, finiscila di dar noia a quella bimba. Ma sai che sei cattiva?»

«Vieni, facciamo la pace» diceva Anna alla bimba. «Via, dammi un bacino.»

Ma la bimba sapeva tenere il punto, quando era in collera, e ce ne voleva per ammansirla.

«Che cos'è che non vuoi?» disse Anna.

Era il modo migliore per fare andare in collera la ragazzetta: fingere di non capire quello che diceva. La bimba difatti s'incollerì:

«Antipatica,» disse.

Anna rise:

«Da quando in qua ti sono antipatica?»

«Non ridere,» fece la bimba. «Non ridere, cattiva,» e cominciò a percuoterla.

Anna rideva più che mai:

«Francuccia, non mi fare il solletico. Non mi fare il solletico, lo sai, no, che non lo resisto?»

E la bimba, inferocita:

«Te lo do io il solletico, cattiva, mostro!»

Anna si liberò e si mise a correre, e la bimba dietro. A un certo punto si fermò a raccattare un sasso; si fermò anche Anna:

«Ehi! Cosa fai? Butta via quel sasso.»

La bimba non obbedì. Aveva un'espressione cattiva. A un tratto le spuntarono le lacrime.

«Franca, sciocca, lo facevo per scherzare, no?» disse Anna.

Le asciugò le lacrime e le diede un bacio. Poi la prese per mano e camminarono in silenzio fino a una casa subito sotto le Due Strade.

Anna si sbrigò a far la commissione. Al ritorno, canterellava.

«Vedi, vedi,» disse la bimba stizzita, «prima non lo facevi.»

«Che? Ci risiamo?»

La bimba stette zitta per un centinaio di passi. Però gonfiava e al fine proruppe:

«Fuori con te non ci vengo più.»

Anna si mise a ridere.

«Ridici, ridici,» disse la bimba incattivita.

«Come mai sei così rabbiosa?» fece Anna.

Di nuovo il ciglio della bimba cominciò a tremare.

«Oh, per carità,» fece Anna diventata seria. «Ne ho abbastanza di queste storie. Mi faccio tagliare la testa prima di portarti un'altra volta fuori con me.»

Stettero zitte fino a casa. Sulla soglia c'erano le due mamme, che le accolsero sorridendo. Ma la bimba, senza nemmeno salutare, s'infilò in casa, e via su per le scale.

«Abbiamo litigato,» disse Anna, e sorrise.

«È nuova,» fece la mamma.

L'altra mamma domandò il perché.

«E chi lo sa,» rispose Anna. «Forse perché l'ho chiamata "insalatina"».

Era un soprannome che lei stessa aveva dato alla bimba in seguito a una certa faccenda.

«Mi creda,» disse la mamma della bimba, rivolgendosi alla mamma di Anna, «ha un carattere permaloso... Non si sa mai come pigliarla.»

«O questa?» fece la mamma indicando Anna. «Ha diciannove anni, ma non ha mica un briciolo di cervello. È sempre lei a farla arrabbiare. Io vorrei sapere che gusto ci provi,» disse rivolta alla figliola.

VIII

Anna indugiava nel calduccio delle lenzuola, contemplando le travi del soffitto. Sentì delle voci giù nella strada e percepì la parola nebbia.

"Dio, che noia", pensò. La sera prima aveva sperato proprio in una giornata di sole, perché aveva una mezza idea di arrivare alla Ginestra.

Diede un'occhiata alla sveglia: segnava le otto meno cinque. "Mamma mia, com'è tardi!" e scivolò fuori del letto. Gli altri di casa erano già in piedi da due ore almeno.

Per prima cosa Anna mise il naso ai vetri. Lì per lì non credette ai propri occhi: non si vedeva niente alla lettera. Mai visto un nebbione simile.

Tutta contenta, versò l'acqua nella catinella e si strofinò vigorosamente il viso e il collo. Il sapone era lo stesso che usavano per il bucato. Sarebbe andata ugualmente alla Ginestra. Si vestì in fretta e scese i quattro gradini che mettevano in cucina.

«Spero che non ti muoverai con questa stagione,» disse la mamma vedendola tirar fuori le scarpe chiodate.

«Voglio arrivare alla Ginestra,» rispose Anna.

«Brava. Prenditi un malanno.»

«Ma se non ci si vede di qui a lì,» intervenne il nonno. «Andar fuori con questa stagione è un azzardo.»

Dopo colazione, Anna fece un paio di lavoretti per la mamma, poi salì di sopra a proporre alla sua grande amica di accompagnarla. La bimba accolse con entusiasmo l'idea e in due minuti fu pronta. La mamma della bimba non voleva:

«Oh, Anna, sciagurata, dove me la porta. E se si mette a piovere?»

«Oh, no, è bel tempo,» rispose Anna. «Qui è nebbia, ma in alto chissà che bel sole c'è.»

Così, uscirono. Non era freddo, benché fosse ghiacciato; la nebbia dava anzi un senso di caldo. Si sentiva in basso il rumore del torrente in piena. Qua e là s'intravvedevano muri bagnati, e la nuda trama di mazzette, cannucce, fili, negli orti e nei campicelli. Presero a salire di buon passo per il viottolo. Anna andava avanti e ogni tanto si voltava a chiedere alla bimba se doveva rallentare. Ma la bimba le teneva dietro benissimo.

Finalmente! Un sole pallido arrivava a loro attraverso la nebbia.

«Che ti dicevo?» fece Anna trionfante.

Accelerò l'andatura. In cima alla salita l'attendeva il premio: il sole spaziava libero per i prati e gli appezzamenti di bosco. Solo qualche resto di nebbia sfilacciata vagava ancora qua e là, impigliandosi alle cime degli alberi.

«Lo vedi?» disse rivolta alla bimba. «È finito l'inverno. È primavera, ormai.»

«Chiamala primavera,» disse la bimba. «Siamo sempre di gennaio.»

«E che vuol dire? È finito il brutto tempo. Siamo in primavera, ti dico.»

La bimba capiva poco quei discorsi e rimase seria.

«Sai perché mi fa tanto piacere che sia venuta la primavera?» insisté Anna.

«Sentiamo: perché?»

«Perché in primavera... Non te lo dico,» fece poi fingendo di cambiare parere improvvisamente. «Non te lo dico sennò te ne hai a male.»

«Tu sì che sei scema, vedi,» disse la bimba.

Quello che Anna voleva dire era che a primavera sarebbe andata a trovare Anita; così almeno erano rimaste d'accordo l'ultima volta. Veramente erano rimaste d'accordo anche per scriversi, e invece Anita si era limitata a mandare una cartolina alla zia, con in fondo due righe per Anna; e Anna dal canto suo si era provata, una sera che non sapeva cosa fare, a prendere la penna in mano; ma aveva dovuto rinunciarvi per mancanza assoluta d'idee.

Ora la bellezza della giornata, la prima dopo tante piovose e fredde, lo splendore della campagna, quella passeggiata mattutina, le avevano risvegliato il ricordo di Anita, di com'erano state bene insieme quei quindici giorni, della promessa che si erano fatte di rivedersi passato l'inverno.

«Promesso?» aveva detto Anita.

«Promesso,» aveva risposto Anna.

Allora Anita si era messa a ridere, come per cancellare l'impressione di una cosa troppo solenne, e aveva agitato il braccio in segno di saluto, mentre il barroccino partiva di gran carriera; e ad Anna non era rimasto che tornare a casa.

Sentiva il bisogno di parlare di Anita; però non ne parlava alla bimba perché intuiva che avrebbe suscitato la sua gelosia. Ma qualcosa doveva pur dire; e:

«Franca,» disse, «se dura il bel tempo, uno di questi giorni facciamo una passeggiata alla Rocca.»

«Noi due sole?» disse la bimba.

« E con chi, allora? »

Ma il bel tempo non durò. Il giorno seguente era di nuovo pioggia e vento; Anna mise a fatica il naso fuori. Nel pomeriggio, durante una serie interminabile di partite a carte con la bimba, questa disse improvvisamente:

« Però, Anita poteva mandarmi almeno una cartolina. »

Anna si mise a ridere.

« Di che ridi? »

« Rido di te, soldo di cacio. Ma lo sai che hai delle belle pretese? »

« Perché? Spiegati, » disse la bimba.

« Credi che Anita si ricordi ancora di te? »

« Io mi ricordo di lei. »

« Ma tu sei una bimba, e lei è una signorina. Come vuoi che una signorina possa dare importanza a una ragazzetta come te? »

La bimba fece una smorfia:

« E sai, » disse, « cos'è? Una contessa? O una principessa? »

« È sempre una persona grande, no? È possibile che a quest'ora abbia preso marito, figuriamoci se può ricordarsi di te. Scommetto che non si ricorda nemmeno di me, che pure sono più grande di lei. »

« Sei più grande te di lei? » domandò la bimba.

« Ho un mese di più. »

« Sembra più grande lei. »

« Infatti. Ma non è mica una bella cosa per una ragazza dimostrare più di quello che ha. »

« Io lo so perché le donne si levano gli anni » disse la bimba.

« Sentiamo: perché? »

«Per trovar marito,» rispose la bimba.

«Oh, per questo se li levano anche quelle che hanno marito. C'è per esempio mia zia, la mamma di Amelia: non vuol dirla a nessuno l'età che ha.»

«E Amelia quanto ha? Più di te?»

«No, no, meno,» rispose Anna. «Meno ancora di Anita. Io sono la più vecchia di tutte e tre.»

«Chi ti è più simpatica: Amelia o Anita?»

Anna stava per rispondere: Anita, ma si trattenne. Era veramente simpatia quella che provava per Anita? Quanto ad Amelia non contava: era una buona figliola, e basta.

«Mah... non saprei,» rispose.

«A me è più simpatica Amelia,» disse la bimba. Poi si ricordò di una cosa: «Davvero Anita sta per prender marito?»

«Chi te l'ha detto?» fece Anna sorpresa.

«Tu l'hai detto.»

«Ah, ma così per dire.»

Anita non le aveva mai fatto delle confidenze precise; solo le aveva fatto capire che, sì, aveva un paio di corteggiatori... molto insistenti, specialmente uno, un laureato... Anna non ricordava bene. Comunque non ci sarebbe stato nulla di strano se fosse saltato fuori che Anita s'era fidanzata.

Come non ci sarebbe stato nulla di strano se un bel momento si fosse fidanzata lei, Anna. Proprio nulla.

IX

In aprile Anna fu per un paio di giorni a Volterra, dovendo farsi visitare. Ce l'accompagnò il babbo.

Appena finito di cenare, la mamma avrebbe avuto piacere che Anna andasse subito a letto, anche perché in viaggio aveva preso il raffreddore; ma lei disse che prima voleva salire di sopra per salutare la bimba.

«Dio mio, figliole, che esagerate,» disse la mamma scontenta. «Ora non possono stare due giorni lontane.»

«Un momento solo, mammina.»

«Mammina un corno.»

Fu un momento che diventò un'oretta e un'oretta e mezzo. Soltanto i baci e gli abbracci durarono cinque minuti.

«E così? Le è piaciuta Volterra?» domandò la mamma della bimba.

«Ma io c'ero stata altre volte,» disse Anna. «Mi piace più qui,» rispose poi.

«Si capisce,» disse la mamma. «A Volterra, si sa, c'è più movimento. Ma dopo un po' che si è lontani da casa...»

«Tanti saluti da Anita,» fece Anna rivolta alla bimba. «Vedi? E tu dicevi che ti aveva dimenticata.»

«Ah, la sua cugina,» intervenne la mamma. «Come sta?»

«Sta bene, grazie. È mezzo fidanzata,» aggiunse poi. «Almeno, da quello che ho potuto capire.»

«Davvero? Oh, mi fa piacere. Ora tocca a lei, Anna.»

«Oh, no,» rispose Anna.

«Perché no?»

«Io devo aspettare che cresca questa mocciosa,» disse Anna indicando la bimba. «Ci siamo scambiate la promessa che sposeremo lo stesso giorno.»

«Lo stesso giorno alla stessa ora,» disse la bimba.

«E con la stessa persona,» concluse Anna.

La mamma si mise a ridere:

«Sarà difficile trovare uno che piaccia a tutt'e due,» disse.

«Vediamo,» fece Anna rivolgendosi alla bimba. «A te come piacciono: bruni o biondi?»

«Bruni,» rispose la bimba.

«Bruni anche a me,» disse Anna. «Vediamo qualche altra cosa...»

«Il colore degli occhi, » suggerì la mamma.

L'altra mamma si fece sentire di giù:

«Anna! Vieni a letto. Bada che domattina ti devi alzar presto.»

«Un minuto,» rispose Anna.

«Una partitina, prima,» disse la bimba, e tirò fuori le carte dal cassetto della credenza.

«Vediamo con queste,» disse Anna prendendogliele di mano.

Le scorse velocemente, scartando i fanti, che allineò sul tavolo.

«Tu quale sceglieresti?» domandò alla bimba.

«Dillo prima tu.»

«Io sceglierei... il fante di fiori.»

«Io quello di picche.»

«Uh, brutto, con la barba,» fece Anna.

«Si gioca?» disse la bimba, a cui premeva di più la partita.

«Una sola, però,» rispose Anna.

Appoggiata coi gomiti sul tavolo, la mamma seguiva l'andamento del gioco.

«No; hai sbagliato,» fece rivolta alla figliola.

«Stai zitta, stai zitta,» disse la bimba con aria seccata.

La mamma non si scompose e, quando la bimba ebbe perso:

«Hai visto?» disse.

«Hai visto cosa?» rispose la bimba.

«Se giocavi come ti dicevo io, vincevi.»

La bimba si batté in testa: «Zucca dura,» disse.

«Sei tu zucca dura,» rispose la mamma placida.

Dopo aver vinto anche la seconda:

«Domani,» disse Anna. «Ora sono stanca.»

«Domani ne facciamo dieci,» disse la bimba.

Anna giocherellò con le carte rimaste sparpagliate sul tavolo.

«Per Dio,» fece la bimba, «domani le devo vincere tutte.»

«Franca,» la rimproverò la mamma.

«Cosa?»

«Non si dice: per Dio.»

«E come, allora?»

«In nessuna maniera. Dio non si deve nominare.»

«Io la gente la sento...»

«Me, mi senti? Anna, la senti?» Si rivolse ad Anna: «E così?» disse sorridendo. «Quando sposa sua cugina?»

«Oh, non so,» rispose Anna. «Non ne abbiamo parlato,» aggiunse poi.

«Che età ha? Un mese più di lei, mi pare.»

«Un mese meno.»

«L'età è quella,» disse la mamma. «Sicché, anche lei, bisogna che si faccia coraggio.»

«Oh, non è il coraggio che mi manca,» rispose Anna, e si mise a ridere.

«Chi ha più coraggio tra noi due?» fece la bimba.

«Mah,» rispose Anna.

«Chi ha più forza?»

«Oh, Franchina, come sei sciocca stasera,» intervenne la mamma. Poi disse: «Scommetto ora che le ha dato l'esempio la cugina...»

«Oh, per quello,» fece Anna.

«Insomma, le verrà voglia di non farsi passare avanti. In casa mia, senta, eravamo tre sorelle: io ero nel mezzo: quando si fidanzò la maggiore non fu nulla, ma quando mi passò avanti quell'altra...»

Ma Anita non passò avanti ad Anna. Rimase incinta, e fu lasciata.

X

Erano passati due anni. Anna stava per sposare; e la bimba era ormai diventata una mezza signorina (quattordici anni compiuti).

Rimasta sola in casa, Anna si preparò la merenda e salì al piano di sopra mangiando. La bimba stava facendo un lavoretto. Anna la salutò con una specie d'inchino, avendo la bocca piena.

«Potevi dire almeno buon appetito,» fece la bimba. Poi scoppiò in una risata: «Ah, ah! Volevo dire vuoi favorire, e invece ho detto buon appetito. Sai cosa ho mangiato oggi?»

«Cavolo,» rispose Anna, sapendo che alla bimba non piaceva.

«Non scherzare,» disse la bimba. «Ho mangiato una cosa che se te la dico ti faccio venire l'acquolina in bocca.»

«Allora è meglio che non me la dica perché, guarda, ho anche fame.»

Ma la bimba gliela disse ugualmente.

«Tu cosa hai mangiato?» domandò poi.

«Ho mangiato... la minestra in brodo, il lesso... non mi ricordo più. Su, sbrigati a prepararti, che fra poco viene Gino.»

«Ma io vengo fuori così. Dove si va: alla Ginestra?»

«Ti pare che mi sarei messa questo vestito se volevo andare alla Ginestra?»

«Oh, come siamo belle,» disse la mamma della bimba entrando.

Si vedeva che si era alzata proprio allora ed era più sciamannata del solito.

«E questa qua mi vorrebbe portare a far ginestre,» disse Anna.

«Per carità» fece la mamma spaventata. Stava esaminando da vicino il vestito di Anna. «È proprio bello,» disse alla fine.

Poco dopo arrivò il fidanzato. Uscirono tutti e tre insieme. Per la strada, data la festa, c'era un embrione di passeggio. Arrivati al bivio, si sedettero. Prima Anna ebbe cura di stendere sull'erba un fazzoletto, e raccomandò al giovanotto di fare altrettanto.

Era una giornata nuvolosa: minacciava anzi di piovere.

«Lo vedi?» disse Anna alla bimba. «Ti sembrava la giornata adatta per andare a far ginestre?»

«Però un giorno che è bel tempo dobbiamo andare alla Rocca,» disse la bimba. «Non ci siamo più state da quella volta di Anita.»

«Anita?» fece il giovane, ma confondeva con una ragazza del paese.

Anna scambiò ancora qualche parola con la bimba, poi si stabilì il silenzio. Anna si mise a pensare ad Anita. Non era una cosa, per la verità, che le succedesse molto spesso. Quando aveva saputo il fattaccio, per prima cosa le erano tornati alla mente i capelli fiammanti, le lentiggini, la carnagione troppo bianca. Il fatto che fosse stata messa incinta era un particolare sgradevole in più.

L'aveva anche rivista, ma a scappa e fuggi, pochi mesi prima, in occasione del trasporto del nonno. Erano venuti da Pomarance in automobile, ma s'erano trattenuti un'ora, poco più.

XI

Una bella giornata di primavera Franca subito dopo mangiato salì alla Ginestra, dove l'aspettava Anna.

Le fischiò dalla strada, perché non le andava di salir su a sorbirsi i complimenti della zia dell'amica. Anna si affacciò alla finestra:

«Vieni su,» le disse.

«No,» rispose Franca. «Con questa bella giornata, è meglio star fuori.»

«Ho capito,» fece Anna sorridendo.

Il matrimonio non l'aveva per nulla cambiata. In quei giorni poi, momentaneamente libera dal marito e dal figlio, le pareva di esser tornata ragazza.

Scese giù, prese sottobraccio l'amica e le disse:

«Zia poi ci rimane male.»

«Me ne importa assai,» rispose Franca. «Sai, Anna, oggi voglio fare un mazzo di ginestre così.»

«Mi dici com'è che t'è venuta questa mania delle ginestre?»

«L'ho sempre avuta,» rispose Franca. «Non ricordi più?»

Poi le chiese come stava il bimbo.

«E chi ne sa nulla,» rispose Anna. «Davvero, non ne so nulla da due giorni.»

«Sciagurata,» disse l'amica. «Meriteresti... Ma dove andiamo?»

«Fidati di me.»

S'inoltrarono per una pendice brulla dove Franca non era mai stata.

«Hai voglia qui di far ginestre!» disse Anna fermandosi.

«Aiutami.»

«Prima mi voglio riposare un po'.»

Franca cominciò subito la raccolta, mentre Anna si riposava. Poi si mise anche lei a coglier ginestre e, quando ne ebbero fatto un mazzo che a malapena si poteva cingere con le braccia, sedettero sull'erba, perché erano stanche tutt'e due.

«E così?» fece Anna sorridendo.

Poi giocherellò con una mazzetta, decapitando i fiorellini intorno.

«Smetti,» disse Franca. «Ma lo sai che sei cattiva? Io l'ho pensato tante volte che il tuo animo dev'essere nero come la pece.»

«Davvero?» fece Anna ridendo.

«Davvero. Quand'ero piccola, lo pensavo sempre, che tu fossi un mostro di cattiveria.»

«E allora perché ci stavi?»

Franca non rispose nulla.

«A volte ci provo piacere a far star male le persone,» disse Anna.

«Ecco: vedi?»

Ci fu una nuova pausa. Poi Anna da seduta che era si mise sdraiata.

«Guardala, com'è comoda.»

«Ah, si sta proprio bene,» disse Anna. «E che bel tempo è.»

«Sai cosa mi viene in mente? Quella passeggiata alla Rocca che facemmo con tua cugina...»

«Già,» disse Anna. «Ti ricordi che bella gita fu?» Franca annuì.

«Mi ricordo che era una giornata come questa,» continuò Anna, «con tutte le ginestre fiorite...»

Il tempo della gita alla Rocca con la cugina le appariva come immediatamente precedente il fidanzamento; perciò faceva confusione.

«Ma che dici?» replicò Franca. «Non era mica primavera.»

«Come, non era primavera?»

«Non era primavera no. Sarà stato ottobre. Mi ricordo che mettemmo insieme un gran mazzo di felci e di ciclamini...»

«Ah, sì, è vero, facevo confusione,» riconobbe Anna. «Erano bei tempi,» aggiunse poi. «È inutile quando siamo ragazze, libere...»

«Proprio così,» disse Franca.

Anna la guardò e si mise a ridere:

«Ma tu sei sempre ragazza. Anzi è proprio ora che...» Ebbe come un brivido. «Vogliamo andare?» disse. «Mi pare che cominci a far fresco.»

SOMMARIO

Finito di stampare nel mese di giugno 1986
dalla RCS Rizzoli Libri S.p.A., Via A. Rizzoli, 2 - 20132 Milano
Printed in Italy

BUR
Periodico settimanale: 10 luglio 1986
Direttore responsabile: Evaldo Violo
Registr. Trib. di Milano n. 68 del 1°-3-74
Spedizione abbonamento postale TR edit.
Aut. n. 51804 del 30-7-46 della Direzione PP.TT. di Milano